Peter Handke

In einer dunklen Nacht ging ich aus meinem stillen Haus

Roman

Suhrkamp

Erste Auflage 1997

Druck: Friedrich Pustet, Regensburg
Printed in Germany

Diese Erzählung hat zwar mit dem Ort Taxham bei Salzburg einiges zu tun, wenig oder nichts aber mit gleichwelchem Apotheker oder Zeitgenossen dort.

I

Zur Zeit, da diese Geschichte spielt, war Taxham fast vergessen. Die meisten Bewohner der nahen Stadt Salzburg hätten nicht sagen können, wo der Ort lag. Vielen klang schon der Name fremd. Taxham? Birmingham? Nottingham? In der Tat hatte der erste Fußballklub nach dem Krieg »Taxham Forrest« geheißen, bis er nach dem Aufstieg aus der untersten Klasse umgetauft wurde, nach weiteren Aufstiegen im Lauf der Jahre sogar in »FC Salzburg« (inzwischen könnte er wieder rückbenannt werden). Zwar sahen die Leute in der Stadtmitte gar nicht selten Busse mit dem Stirnschild TAXHAM an sich vorbeifahren, weder voller noch leerer als die sonstigen Busse, aber kaum einer der Städter hatte je einmal selber dort drin gesessen.

Anders als die alten Dörfer im Salzburger Umkreis war Taxham, die Neugründung aus dem Nachkrieg, zu keiner Zeit ein Ausflugsziel. Kein Gasthaus hat da gelockt, keine Sehenswürdigkeit, auch keine abschreckende. Trotz des Schlosses Kleßheim, Spielcasino und Staatsempfangshaus, unmittelbar hinter den Wiesen, war Taxham, nicht Stadtteil, nicht Vorstadt, nicht Bauernland, im Gegensatz zu sämtlichen Orten der Gegend ausgespart von jedem Besuch, aus der Nähe genauso wie aus gleichwelcher Ferne.

Niemand schaute da auch nur kurz vorbei, geschweige denn blieb über Nacht. Denn in Taxham gab es, wieder eine Besonderheit für Salzburg, Stadt oder Land, nie ein Hotel, und als »Fremdenzimmer« diesem Wort entsprechende Nischen, Ausweichstellen, letzte Unterschlüpfe, wenn überall sonst nur noch »belegt« stand. Nicht einmal TAXHAM, der Name, der dabei doch, als Leuchtspur vorn an den Bussen, bis spätnachts durch das dann schon dunklere, stillere Zentrum kurvte und spukte, schien im Lauf der Jahre jemand hinaus an den Ort gelockt zu haben. Gleichwer, selbst der sonst noch so Welt- und insbesondere Allerweltoffene, sagte, zu Taxham befragt: »Nein«, oder es kam ein Achselzucken.

Wohl die einzigen Fremden, die mehr als einmal dorthin gingen, waren ich und mein Freund Andreas Loser, Lehrer für alte Sprachen und selbsternannter Schwellenkundler. Damals bei meinem ersten Besuch in Taxham kehrte ich dann an der Zentralstraße namens »Kleßheimer Allee« (von Schloß und Allee keine Spur) ein in eine Barackenbar, wo ein Mann stundenlang wiederholte, wie er darauf brenne, endlich jemanden zu töten: »Es muß sein!« Und Andreas Loser war es, der an einem Winterabend im fast leeren Salzburger Flugplatzrestaurant (zu jener Zeit fast größer als die Empfangshalle) mir zuflüsterte: »Schau, dort drüben sitzt der Apotheker von Taxham!«

Mein Freund Loser ging inzwischen wer-weißwohin. Und ich bin schon sehr lange weg von Salzburg. Und der Apotheker von Taxham, mit dem wir damals dann nicht selten zusammenkamen, hatte zur Zeit, da diese Geschichte spielt, fast ebenso lange nichts mehr von sich hören lassen – ob das nun seine Art war oder nicht.

Daß Taxham so unzugänglich erschien, kam aus seiner Lage, und hatte die Siedlung auch sich selber zuzuschreiben.
Was gleichwelchen Orten heute mehr und mehr zustößt, das kennzeichnete es von Anfang an: abgetrennt oder zumindest schwer erreichbar zu sein von seiner Umgebung und von den Nachbarorten durch alle nur möglichen Verkehrslinien, insbesondere in die Ferne; zu Fuß wie zu Rad unüberwindlich. Im Gegensatz zu den Ortschaften jetzt, erst mit der Zeit in solch eine Zwickelwelt gezwängt, abgeschnitten und eingeengt von den allseits sich mehrenden Tangenten, war Taxham gleich schon innerhalb solcher Barrieren entstanden. Obwohl in einer großen Flußebene gelegen und an der Schwelle einer Großstadt, hatte es so etwas von einer Lager- und Kasernensiedlung, und es gab auch tatsächlich in seinem unmittelbaren Umland,

die deutsche Grenze ganz nah, sogar drei Militärkasernen, eine davon im eigenen Bereich. Die Fernzuglinie Richtung München und darüber hinaus, als die eine der Schranken vor Taxham, bestand schon weit länger als dieses, und auch die Autobahn war ja bereits vor dem Zweiten Weltkrieg erbaut, als Reichsautobahn (noch Jahrzehnte nachher trug der Reichsadler, eingemeißelt mit dem Entstehungsdatum neben die tunnelschmale Unterführung, in den Klauen das Hakenkreuz), und ebenso erschwerte der schon während der ersten österreichischen Republik errichtete Flughafen den Zugang zu dem Gelände des späteren Orts von vornherein.

Hineingebaut in dieses Transportliniendreieck, zu erreichen fast nur auf weitkurvigen, umständlichen Wegen und durch Unterführungen, erschien Taxham nicht nur auf den ersten Blick als eine Enklave.

Enklave wovon? Wozu gehörig? Es war wohl, entschieden augenfälliger als sonstwo bei Salzburg, eine Kolonie von Kriegsflüchtlingen,

Vertriebenen, Aussiedlern. Jedenfalls war der Apotheker so einer, Angehöriger einer Familie, die im Osten, schon unter der Habsburger Monarchie, dann in der tschechoslowakischen Republik, dann unter der deutschen Besatzung, eine Arzneimittelfabrik betrieben hatte. Näheres dazu wollte ich von ihm für seine Geschichte hier nicht wissen, worauf er sagte: »Gut so! In der Schwebe lassen!«

Und solche Neuankömmlinge hatten nach dem Krieg in dem Zwickel aus Fernzuggleisen, Autobahn und Flugfeld, in dem Rest Bauernland dort, eben des Bauernguts mit Hausnamen »Taxham« – längst dahin –, sich nicht nur niedergelassen, sondern noch zusätzlich abgeschirmt und verschanzt.

Nach Überwindung der äußeren Zugangshindernisse zeigte sich etwas wie ein zweiter Sperrgürtel, kein vorgegebener, sondern ein Eigenbau. Ob hinter dem Bahndamm oder hinter dem Rollfeldzaun: Ganz Taxham erschien danach ein zweites Mal, in seinem inneren Kreis, von Dämmen umgeben, und vor

allem eingezäunt, wenn nicht mit Draht, so doch von baumhohen, dichtverzahnten Hartholzhecken, über die fast nur der Quaderturm der einen, der katholischen, Nachkriegskirche herausschaute (der protestantische blieb aus dem Abstand unsichtbar).
Die Landstreifen zwischen den beiden Abschirmsystemen, dem fremdbestimmten äußeren und dem selbstangefügten inneren, dienten entweder als Fußballplatz, Spazierwiese oder struppiges Feld, wo von dem alljährlich für ein paar Tage gastierenden Zirkus im Leeren der fahle Kreis der Arena markiert blieb, und hatten so im ganzen etwas von einer Bastei.

Und in einer anderen Weise war Taxham schon vor einem halben Jahrhundert, wenn auch in einem weit kleineren Maßstab, ein Vorläufer sehr vieler der heutigen Neuansiedlungen, »Neustädte« geheißen: Schwierig, da hineinzufinden, und noch schwieriger, ob zu Fuß oder mit dem Auto, da wieder hinaus. Fast alle

Wege, die das verheißen, biegen dann ab und leiten um den Block oder zwischen den Kleinhausgärten zurück an den Ausgangspunkt. Oder sie enden vor wieder so einer undurchdringlichen Hecke, durch die das freie Feld, und was sonst noch weiterführt, gerade nur durchschimmert, mochte die Siedlungsstraße auch nach Magellan oder Porsche benannt sein.

Wirklich tragen ja die meisten Straßen (oder eher Zufahrtswege) des Buschheckenortes Taxham, wegen des angrenzenden Airports, die Namen von Flugpionieren wie »Graf Zeppelin«, »Otto von Lilienthal«, »Marcel Rebard«, den Einwanderern nach dem Krieg wohl eher ungefragt aufgezwungen – sie selber hätten »Gottscheer-« und »Siebenbürgerstraße« wahrscheinlich vorgezogen, aber wer weiß?; der einzige Fliegerstraßenname, der zu ihnen paßte, wäre, so einmal mein Freund Andreas Loser, der nach »Nungesser und Coli« gewesen, jenen zwei auf dem versuchten Erstflug von Europa nach Amerika über dem Atlantik Verschollenen, und das gleich nach dem Verlassen des Festlands.

Und noch in einer dritten Sache war Taxham einer zeitgenössischen Erscheinung seit seinen Anfängen sozusagen voraus: Wie es heutzutage wohl mehr und mehr üblich wird, nicht an den Orten zu wohnen, wo man arbeitet und beschäftigt ist, so war es unter den in der Zwikkel- und Heckenkolonie Berufstätigen schon seit damals vor fünfzig Jahren die Regel, die Wohnung oder Behausung woanders zu haben – nicht weit weg von Taxham, aber jedenfalls nicht im Ort. Selbst Kaufmann und Gastwirt kamen nur tagsüber, für das Geschäft. Sogar einer der für die Siedlung bestellten Priester, mir gut bekannt, fuhr dorthin nur zum Messelesen und lebte sonst in der Stadt, wo er ziellos herumzog (er soll inzwischen sein Amt längst aufgegeben haben).

Auch der Apotheker hatte sein Haus außerhalb von Taxham, bei einem der Bauerndörfer, nah dem Grenzfluß Saalach, kurz bevor die in die Salzach fließt, in dem dort natürlichen Zwickel oder »Spitz«.

Dabei hing er an seinem Arbeitsort. Sein Leben verlief in dem Dreieck zwischen dem Haus am Flußdamm, der Apotheke und dem Flughafen, wo er damals, als wir uns begegneten – seine Geschichte spielt zu einer ganz anderen Zeit –, regelmäßig zu Abend aß, einmal mit seiner Frau, einmal mit seiner Geliebten.

Die Apotheke, gegründet von seinem um vieles älteren Bruder, war nach dem Krieg der erste Gewerbebetrieb in der Neu- und Notsiedlung Taxham gewesen, oder überhaupt die erste öffentliche, der Allgemeinheit zugängliche Einrichtung, vor der Schule, den beiden Kirchen und sogar vor jedem Laden. Nicht einmal eine Bäckerei gab es davor (Brot war zunächst im ursprünglichen Bauernhof zu kaufen). Für eine gar nicht so kleine Weile war die Apotheke der einzige »Dienstleistungsplatz« für die Nachkriegszuzügler, zuerst, so mein Bekannter, bespöttelt als Medizinhäuschen im

Niemandsland, dann allmählich das vorläufige Gemeindezentrum.

Etwas davon war auch Jahrzehnte danach noch herauszuspüren: Obwohl inzwischen, jeder Anschein von Landwirtschaft verschwunden, in Gesellschaft, eher flankiert von den Kirchtürmen und Supermärkten, ließ die Taxhamer Apotheke weiterhin eine Ortsmitte – weniger sehen als imaginieren.

Das kam jedoch ganz und gar nicht von dem Bauwerk. Dieses hatte den Anschein eines kleinen Kiosks, passend für einen Tabak- und Zeitungsverkauf. Und auch drinnen weder die dunkle, ausgeklügelte, wohlplazierte, wie museale Pracht so vieler älterer Apotheken noch die helle, bunte Vielgestaltigkeit – wo bin ich hier? in einem Solarium? einer Parfümerie? einer Strandbude? – so mancher neuerer oder jüngerer. Fast abschreckend farb- und schmucklos sah es darin aus, keine einzelne Sache, ob Medikament oder Zahnpaste, eigens hervorgehoben, und alles das hinter ziemlich massiven und plumpen Barrieren und Vitrinen in einen Abstand gerückt, als handle es sich nicht um Waren, um nichts Verkäufliches, sondern um ein den Unbefugten verbotenes Arsenal, bewacht von zwei, drei Weißgekleideten davor. Nicht einmal jene besondere Schwelle beim Eingang gab es, wie sie doch, laut Andreas Loser, sonst für die Apotheken fast der ganzen Welt so bezeichnend seien, keine Erhabenheit, kein Stolperstein, vielmehr Zeichnungen, Ornamente, Muster, reicher als bei Hauseingängen, und bei Apotheken oft auch, tiefer sogar als bei Kirchen, gemuldet – mir nichts, dir nichts, ohne Schwelle war man in dem Arzneilager.

»Zum Adler«, das war der Name der Apotheke von Taxham, so genannt von dem längst westwärts, nach Murnau in Bayern, weitergezogenen und dort samt Töchtern, Söhnen und Enkeln in der »Apotheke zum Roten Eber« niedergelassenen Gründerbruder. Aber sie hätte, wie auch der Nachfolger meinte, mit ihrem Aussehen zwischen Kiosk und Elektrohäuschen besser »Zum Hasen« oder »Zum Igel«

geheißen, oder, wäre es nach ihm gegangen, nach der Landschaft der Vorfahren, »Tatra-Apotheke«.

Nein, was das Flachding von den anderen, selbst für Taxham ungleich repräsentativeren, abhob, war seine Lage dort in dem indessen fast so dicht wie eine Stadt bebauten Ortszentrum: inmitten eines für die Mauerhütte unverhältnismäßig großen Rasen-, fast Wiesenstücks, schütter bewachsen mit niedrigen, dabei alten Bäumen und ebensolchem Gesträuch, wie das Überbleibsel einer einstigen Steppe. »Manchmal am Morgen, wenn ich zum Dienst gehe, sehe ich den Rauch dort aus der Kate steigen«, sagte der Apotheker, in seiner nicht gerade reinösterreichischen Redeweise.

Er hing auch an den Wegen hin und zurück, vom Flußhaus zu seinem Hinterheckenladen, von diesem am Abend entlang dem Rollfeldzaun hinüber zum Flughafen, undsoweiter (bis es eines Tages aus war mit dem Undsoweiter). Er ging entweder zu Fuß, oder fuhr mit einem seiner großen Wagen – immer das neueste Modell –, aber auch, wie es kam, mit einem Rad, schwarz, schwer, Marke »Flying Dutchman«, sehr aufrecht, und ein paarmal ist er mir auf Feldwegen mit einem Moped begegnet, schlammbespritzt, zugleich seltsam besinnlich, als kehre er da heim von einer wilden Jagd (und einmal landete er im Traum vor der Apotheke mit seinem Privatzeppelin, seilte sich davon ab ins Steppengras).

Selbstredend, daß die Leute von Taxham, bevor sie einen Arzt aufsuchten, vielleicht auch in der Hoffnung, sich den so zu ersparen, zu ihm kamen. Weniger geläufig aber, daß sie ihn in der Regel selbst danach um Rat und Hilfe baten. »Die Ärzte sind mehr und mehr Spezialisten geworden. Und manchmal bilde ich mir ein, den Überblick zu haben, der ihnen inzwischen fehlt. Und außerdem brauchen die Patienten von mir keine Überweisung und keinen Eingriff zu fürchten. Und mitunter kann ich ihnen auch wirklich helfen.«

Das konnte geschehen, und geschah vor allem, indem er ihnen Medikamente strich, statt welche hinzuzufügen oder durch andre zu ersetzen – nicht alle auf der Rezeptliste, doch das eine und das andere. »Meine Arbeit ist vordringlich ein Aussondern und Ausscheiden. Ein Luftschaffen, nicht in den Regalen, sondern in den Körpern. Ein Luftmachen und Flußbahnen. Und selbstverständlich, meine Herren, ist bei mir, wenn Sie darauf bestehen, alles vorrätig.« (Nachts hatte der Kiosk dort, vergittert, verriegelt, verbarrikadiert, etwas von einem Bunker, »den man schon sprengen müßte, um hineinzukommen«.)
Und tatsächlich gab es in dem Ort nicht wenige, denen er so helfen konnte – »auch weil sie sich so helfen ließen«. Und indem sein Ruf über den Ort nicht hinausdrang, »Gott bewahre«, war zugleich klar, daß der Apotheker von Taxham dabei ganz und gar kein Wunderheiler war.

Die Ortsansässigen, kaum waren sie zu seiner Tür hinaus, vergaßen auf der Stelle ihre Dankbarkeit, und damit auch ihn. Anders als der und jene Taxhamer praktische Arzt, Kaufmann und Fußballer war er auf den Straßen und in den paar Lokalen keine öffentliche Figur. Ob so oder so: Niemand sprach über ihn, empfahl ihn weiter, sang sein Loblied, machte sich, wie doch so anders in den alten Lustspielen, über den Apotheker lustig. Wer ihm draußen, außerhalb seines Kompetenzbereichs, begegnete, der übersah ihn entweder, und zwar ohne Absicht, oder erkannte ihn, und mochte er ihm vor ein paar Augenblicken noch drinnen an der »Theke« dankbar die Hand geschüttelt haben, nicht wieder.

Das kam nicht bloß daher, daß der Apotheker im Freien wo möglich nie mit seinem weißen Kittel ging, sondern in Hut und Anzug, samt Stecktuch, und zwischen den, in Taxham ohnehin seltenen, Passanten hindurchschaute, die Augen »wie von Kindesbeinen an gerichtet auf Baumkronen-, Ähren- und Regentropfen-in-Wegstaub-Höhe und damit, nach Kinderglauben, unsichtbar«. Und es muß auch gesagt werden, daß ebenso er selber, kaum am Abend zu seinem Bunker hinaus, unter den Leuten draußen nie einen als seine Kundschaft, Klientele oder Patienten wiedererkannte – höchstens als den Herrn und die Frau Soundso. Anders als ein Arzt, der beim Verlassen seiner Praxis immer noch »der Arzt« blieb, hörte der Apotheker von Taxham, sowie er seinen Kiosk abschloß, auf, Apotheker zu sein.

Wer oder was war er dann? Ich habe einmal Kinder auf ihn zulaufen sehen. Und während sonst Kinder doch, die auf fremde Erwachsene zulaufen, vor ihnen in der Regel ihren Lauf beschleunigen, wurden diese Kinder dort auf der Höhe des Mannes langsamer und schauten zu ihm auf, von ihm weg, zu ihm auf.

Zur Zeit, da die Geschichte spielt, war es Sommer. Die Wiesen um den Flughafen und um die Heckensiedlung dahinter waren schon einmal gemäht worden, und das Gras stand inzwischen wieder hoch, zu verwechseln von weitem mit dem Getreide, das es in der Gegend kaum mehr gab, anders als das Frühjahrsgras auch fast ohne Blumen, das Grün je nach dem Wind mit Schneisen von Grau, oder umgekehrt.

Es war außerdem die Periode im Jahr fast ohne Früchte, die Kirschen schon geerntet oder von den Vögeln, besonders den Raben, geplündert, und die Äpfel längst noch nicht reif, bis auf die weißen Frühäpfel, solche Bäume freilich mehr denn je eine Seltenheit.

In der Stadt, im Osten, waren bereits die Festspiele im Gang, aber wenn selbst die hintersten Alpentäler, jenseits der Pässe, Tunnels, Flußengen, sogar Grenzen, noch etwas davon abbekamen – das nahe Taxham blieb ausgespart, jene Litfaßsäule draußen am Wiesen- und Hekkenrand wie das ganze Jahr über höchstens halb beklebt, ihre der Rollbahn und dem Tower zugekehrte Rundung wie seit je leer.

Für die Strecke südlich von Taxham war von dem ansässigen Wahrsager, wic er zu solchen Orten zu gehören scheint, am Anfang des Jahres ein sommerliches Erdbeben angekündigt worden, und dieses hatte auch tatsächlich gerade stattgefunden, in der Nähe von Kapstadt. Und ebenso sollte westlich von T., wieder laut Wahrsager, noch vor dem Ende des Sommers ein Krieg ausbrechen, ein Dreitagekrieg, aber mit unendlichen Folgen!

Er stand wie üblich früh auf, »mit den ersten Rabenschreien«. Seine Frau schlief noch, im anderen Teil des Hauses. Sie wohnten zusammen und zugleich seit über einem Jahrzehnt getrennt, ein jeder im eigenen Bereich; beim anderen jeweils anklopfend; selbst in den gemeinsamen Räumen, dem Eingang, dem Keller, dem Garten, gab es unsichtbare und sichtbare Trennwände, und wo das schwer möglich war – wie in der Küche –, hausten sie in Zeitverschiebung, so wie sie überhaupt, seit sie sich voneinander losgesagt hatten und auf ihre Weise auseinandergegangen waren, den Alltag grundsätzlich zeitverschoben lebten – auch wenn die Frau seinerzeit ganz natürlich zugleich mit ihm aufgestanden war und sich jetzt zum Liegenbleiben vielleicht eher zwingen mußte? Und sich zum Im-Haus-Bleiben zwang, so wie er in den Garten ging? Und in den Garten, so wie er im Haus war? Und in den für morgen geplanten Alleinurlaub, weil er, wie seit langem nun jedes Jahr, Haus und Garten den Sommer über für sich haben wollte?

»Nein«, sagte der Apotheker. »Wir haben keine Probleme miteinander. Unser Leben ist erst so vollkommen friedlich. Diese Ordnung hat sich ohne Zutun ergeben, und wir merken sie auch gar nicht, höchstens als eine uns davor unbekannte Art von Harmonie, aus der heraus wir für Momente, im Vorübergehen, Gemeinsamkeiten erleben, etwas gemeinsam haben können.«

»Ja, im Vorübergehen«, sagte seine Frau. »Zwischen Tür und Angel. Zwischen Fenster und Gartenstuhl. Zwischen Baumkrone und Kellerluke.«

»Zum Beispiel?« fragte ich.

Die Antwort, einmal von ihr, einmal von ihm: »Immer stumm. – Im gemeinsamen Zuhören, was nebenan die Nachbarn reden. – Oder die Leute, die hinter dem Zaun oben auf dem Flußdamm gehen. – Vor allem, wenn irgendwo ein Kind weint. – Wenn eine Ambulanzsirene heult. – Wenn in der Nacht jeder von seinem Zimmer aus in den Gebirgswänden dort jenseits der Grenze das Notsignal blinken sieht. – Als im letzten Frühjahr bei Hochwasser die ertrunkene Kuh flußabwärts trieb. – Beim ersten Schnee. – Ja? Naja. Ich weiß nicht.«

Die Sonne ging auf. Im Garten nach der warmen trockenen Nacht kein Tautropfen. Dafür ein Blinken im Apfelbaum: ein Harzknollen, ausgeschwitzt aus einem Stengel dort, jetzt durchschienen von einem ersten Strahl, die allerwinzigste Lampe. Die Schwalben hoch im Himmel dabei tiefdunkel, wie noch in der Dämmerung. Nur wo eine im Kurven die Flügel kurz senkrecht stellte, auch dort oben jeweils ein Aufleuchten, von der Sonne an dem Gefieder; es war, als spielte der Vogel so mit dem Morgenlicht.

Er gab einem der schon dicken Äpfel, der vor ihm in Stirnhöhe hing, einen Kopfstoß, wie einem Ball, nur sachter; ging dann draußen auf dem Damm flußauf und ließ sich von dem Morgen- und Gebirgswasserwind anwehen. Niemand sonst war unterwegs, die Geröllbänke der Saalach nahmen, wie immer im Sommer, mehr Platz ein als Uferland und Gerinne und streckten sich weit, hell und leer gleichsam bis in den Quellhorizont fern zwischen den Kalkbergen.

Der Apotheker dachte an seine Toten. Dabei kam ihm sein Sohn in den Sinn. Aber der war doch gar nicht tot? Nein, er hatte ihn verstoßen. War das nicht ein zu starkes Wort? Hatte er ihn nicht bloß einfach aufgegeben, aus dem Blick verloren, abgetan, vergessen? »Nein, ich habe ihn verstoßen«, sagte er. »Ich habe mein Kind verstoßen.«

Er schwamm in dem bis auf die Knochen kalten Fluß, erst gegen die starken Wellen, und ließ sich dann treiben, ziemlich genau in der Fluß-

grenze, wo auch die Grenze zu Deutschland verlief. Ungeheuer schnell, wie im Galopp, zogen die Uferbüsche vorbei. Er tauchte mit dem Kopf so tief unters Wasser, daß ihm die kleinen Kiesel, am Flußgrund treibend, in die Ohrmuschel gerieten, wo sie eine schöne Zeitlang aufeinanderschlugen, knirschten und klirrten. Es war ihm, als könne er immer so unter Wasser bleiben, ohne zu atmen, und das wäre ab jetzt sein Leben.
Fast zwang der Apotheker sich dann, zum Ufer abzubiegen, kurz vor der Steilstufe unten. Ein Frühflugzeug landete, schon tief, über den Baumkronen, und er bemerkte hinter einem der Bordfenster ein Kindergesicht. So scharf sah er nicht nur nach dem Schwimmen in dem eisigen Fluß. Und insofern war der Name, den sein Bruder der Apotheke von Taxham gegeben hatte, vielleicht berechtigt.

Zu Hause duschte er sich das kalkig graue Flußwasser vom Leib und trank den während seines Schwimmens zubereiteten Kaffee, den

Blue Mountain aus Jamaika, wie immer das Beste, das er in der Gegend kriegen konnte. Aus dem Bereich seiner Frau kein Laut, während im Flur unten schon ihre Reisetasche stand, obenauf ein Flugticket, in das er aber nicht hineingeschaut hatte. »Wie vor jeder ihrer Abfahrten kam mir plötzlich ein Bild von dem Erdbeerhang«, sagte er, »von dem sie mir einmal erzählt hat, als Kind sei das ihr Sommerplatz gewesen.«

Er selber war früher viel gereist, fast durch die ganze Welt. Inzwischen zog es ihn nicht mehr weg, nirgendwohin. An Ort und Stelle, gerade da, war ihm allmorgendlich, als breche er auf, oder sei schon vor langem aufgebrochen, und die Reise gehe heute um eine Station weiter. »Ich wollte hierbleiben, lange noch, lange noch.«

Auf dem Flußdamm nun, durch die Gartensträucher nur am Bunt ihrer Dressen zu sehen, die ersten Läufer, paarweise, auf dem schmalen Pfad hintereinander (in Taxham jenseits der Wiesen rannte dagegen fast niemand, nicht einmal zum Bus), sich überlaut unterhaltend, als glaubten sie, daß sonst ihre Stimmen nicht trügen.

Und von einem der Nachbargrundstücke das Aufschreien und dann Weinen, gottsjämmerlich, eines Kindes, und desgleichen sofort aus dem Haus zur anderen Hand. Er horchte. Und ebenso lauschte, er war sich gewiß, seine Frau dort hinter der Tür. Sie lauschten miteinander, selbst als das Weinen und Schluchzen links und rechts sich beruhigt hatte und längst übergegangen war in ein Reden und Einander-Rufen, mit Stimmen wie geklärt und weit ausschwingend geworden durch das Geplärre zuvor. Sie hörten auch den Zug drüben am deutschen Ufer vorbeifahren. »Richtung Bad Reichenhall!« – »Ja.«

Der Apotheker nahm an diesem Morgen das Rad seiner Frau; sie würde es in den nächsten Wochen ohnedies nicht brauchen. Er fuhr auf dem Uferweg, eine Strecke durch die Flußauen, bog dann ab über die Felder zum Bauerndorf Siezenheim. Auf dem Friedhof dort gab es eine Ritzzeichnung in einem Konglomeratstein, einen Gekreuzigten ohne Kreuz – dieses erkennbar nur an seiner Haltung –, ein übergroßer Wasserkopf an einem Liliputanerkörper, dessen Ärmchen weit ausgebreitet; die Ritzrillen, sonst schwer zu sehen, fast verwittert, an dem nach Osten gerichteten Felsblock jetzt morgendlich vertieft und verdeutlicht.

Es war dem Apotheker dann auch recht, weiter eher nach Osten, der Sonne zu, zu fahren: so vermied er den eigenen Schatten vor sich – ein Anblick, der ihm seit je unangenehm gewesen war. Aus dem Gras, wie vorher aus dem Fluß und dann aus den Steinritzen, roch es von der Trockenheit der letzten Wochen (was von Salzburg und dem Regen erzählt wurde, war oft falsch). An den tarnfleckenfarbigen Baracken der Kaserne von Siezenheim fuhr ein Innenstadtbus vorbei, für die Festspiele so bemalt und ornamentiert, als sei auch er Teil dieser Tarnfarbenfassaden; Flugzeugschatten über dem Gelände wie ein Wimpernzucken.

Beim Einbiegen in die Heckensiedlung oder, wie sie insgeheim bei ihm hieß, »Verlorene Insel« wurde er, Seltenheit dort, gegrüßt, sogar ein paarmal hintereinander, von der Lindbergh-Promenade bis zur Lilienthal-Allee, worauf bei den Passanten dann freilich jeweils ein Befremden folgte – bis dem Apotheker aufging, daß das Grüßen dem ortsbekannten schweren Vorkriegsrad galt, im Alltag sonst verbunden mit seiner Frau, der »Apothekerin« (was sie auch war, wie, vorwärts und rückwärts, fast alle in der Familie, mit Ausnahme des Sohns).
Die beiden Angestellten, eine ältere Frau und ein junger Mann, beinah noch ein Kind – die Frau war dessen Mutter, auch da gehörte das Apothekenwesen zur Tradition –, warteten schon auf dem Graslandstück in der Ortsmitte, hockten, wie immer überpünktlich, vor dem vergitterten Bunkereingang, hoch über ihnen

eine Schönwetterwolke. Sie waren vor inzwischen vielen Jahren als Bürgerkriegsflüchtlinge aus dem Süden gekommen und hatten von dort eine geläufige Feindesverwünschung mitgebracht: »Daß dein einziges Gasthaus die Apotheke wird!«

Der Apotheker hatte noch eine Tochter, die seit kurzem, seit dem Ende ihres Studiums, mit ihm zusammenarbeitete, für die Sommerzeit aber mit ihrem Freund, ebenfalls Pharmazeut, daneben, Neuigkeit in der Sippe!, Physiker, von der Verlorenen Insel weg zu einer ganz anderen gefahren war.
Ihm war es bei ihrer Abreise vorgekommen, als gehe sie ungern und mache sich zum ersten Mal, merkwürdigerweise, Sorgen um ihn. Dabei war es, wie im übrigen schon seit jeher, gerade ihre Abwesenheit, oder überhaupt die Abwesenheit der ihm nahen Menschen, die ihn, so dachte er jedenfalls, beschützte, so wie sie ihn andererseits auch verpflichtete, alles zu tun, oder auf eine Weise zu leben, daß der oder

die andere die ganze vorgesehene Zeitlang abwesend bleiben könne, und zwar ruhig und sorglos, im Vollgenuß des Unterwegsseins, der paradiesischen Insel und, warum nicht, seines Glücks.

Die Abwesenheiten seiner Nächsten – »Freunde hat ein Apotheker ja nicht, oder die sind mir zumindest unvorstellbar«, sagte er – gaben ihm von Fall zu Fall einen zusätzlichen Existenzruck. »Wenn ich mir ein Sitten- oder Lebensgesetz geben könnte«, sagte er, »dann das: Verhalte dich so, daß deine gerade abwesenden Angehörigen – Angehörige im weitesten Sinn –, guter Dinge irgendwo, ohne dich, immerzu so in der Ferne bleiben können, ungestört!«

»Und wenn keiner der Angehörigen abwesend ist?«

»Einer ist immer abwesend.«

Wie vielleicht nicht so wenige Apothekenangestellte waren auch die beiden in Taxham noch etwas anderes als bloße Verkäufer und eben Angestellte. Oder sie wurden wenigstens mit

der Zeit von der Kundschaft, eher den Ratsuchenden, nicht mehr als das allein angesehen. Und so hatten die Flüchtlingsfrau und ihr Sohn inzwischen nichts Untergeordnetes mehr, sondern galten als Autoritäten, traten auch entsprechend auf. Die Arbeit machte sie anders zufrieden als wohl die bloßer Warenausgeber.
Deswegen ließ der Apotheker sie, und nicht erst seit diesem Sommer, möglichst allein tun – wobei natürlich dazukam, daß es jetzt weit weniger Schwierigkeiten gab, weniger Scheinkranke, oder Verängstigte, oder Verzagte: so als täten auch anderen Leuten, nicht bloß ihm, die sommerlich abwesenden Angehörigen gut, ermutigten sie, gäben Kraft, eine recht spezielle Medizin.

So konnte sich der Apotheker nun, und dann für den halben Tag, in den hinteren Teil seiner Bude zurückziehen. »Ich kann nicht den ganzen Tag mit Menschen sein«, sagte er mir. »Und warum soll ich das auch?« Das Herstellen von

Arzneien in den Apotheken selber hatte sich zwar ziemlich erübrigt. Aber ihm gefiel es zwischendurch immer noch, mit ein paar Grundstoffen umzugehen, sie umzuformen durch die vor Jahrzehnten gelernten Handgriffe in etwas Drittes oder einfach dabeizusein, wenn sie, von ihm zusammengetan, sich in Eigenreaktion verwandelten. Solch Produzieren, physikalisch wie chemisch, von Kopfschmerzmitteln, Herztropfen, Rheumasalben war kostspielig, langwierig und erschien für den Augenblick eher sinnlos, da es vorn im Kiosk fast die gleichen und gleichförmigen Dinge gab, mit kaum verschiedenem Geschmack oder Geruch, und dazu fabrikgeprüft.

Trotzdem konnte er sich sein Hantieren nicht abgewöhnen. In seiner Vorstellung arbeitete er da vor für eine Notzeit, eine, die gar nicht mehr so fern war; eine Notzeit, die weniger ihn beträfe als die andern, seine Kunden, die Leute vom Ort, den engeren Kreis (es gab eigentlich nur diesen, von außerhalb kam, außer beim seltenen Nachtdienst, niemand). Und seine

Handbewegungen dabei geschahen gar nicht so, wie man oder unsereiner sie vielleicht von einem »Apotheker« im Kopf hat, nicht kleinteilig, auf engem Raum, eben »pillendreherisch«, sondern weitausholend, mit Anläufen, Zurückweichen, Bogenschlagen, Luftstreichen.

Als einmal bei einem versuchten Überfall – im übrigen dem einzigen seit der Gründung – der Eindringling sich dort im Hinterzimmer dem Apotheker von Taxham so gegenübersah, ließ er das Messer sofort fallen und lief hinaus: »Aber er merkte auch, daß ich keine Angst hatte. Man darf in solchen Momenten keine Angst haben.«

»Wie macht man das?«

»Man darf keine Angst haben.«

Der Apotheker hatte sogar ein Spezialgebiet. Er war – soweit das bei der zuletzt wohl unergründlichen Materie überhaupt der Fall sein kann – ein Pilzkundiger.

In vielen, zumindest europäischen, Apotheken

werden zu Beginn des Sommers Schautafeln mit den genießbaren und vor allem den giftigen Pilzen in die Auslagen gestellt, manchmal sogar dreidimensionale Attrappen, sorgfältig arrangiert in echtem Moos. Sowie jedoch dann von draußen aus den Wäldern und Fluren jemand Unerfahrener mit seinen ganz wirklichen Pilzfunden daherkommt und um Auskunft bittet, wiegen die meisten Apothekenleute in der Regel nur stumm den Kopf, tupfen die Erdinger höchstens im Abstand leicht an – bitte, keinen Sand auf die Glastheke – und geben fast nur ungünstige Orakel aus: giftig oder zumindest verdächtig.

Der Apotheker von Taxham dagegen wußte mit dem ersten Blick oder Antasten, oder spätestens mit dem Beschnuppern und Beknabbern, was man ihm da angebracht hatte (manche kaum unterscheidbaren Arten erkannte er allein an den jeweils verschiedenartigen Würmern, Schnecken, Ohrenschleichern, Spinnen auf und in ihnen). Und vor allem war er über jeden der ihm vorgelegten Pilze begeistert, auch wenn nur ein paar Lamellen davon, angeklebt an der Kinderhand dort und dann unbedacht in den Mund gewischt, vielleicht Schlimmes anrichten konnten, auch wenn der fragliche Pilz stank und nach allen Seiten zerrann wie ein Drei-Wochen-Aas.

»Oft denke ich, ob nicht auch meine Pilzleidenschaft mich und meine Frau auseinandergebracht hat«, sagte er. »Vor allem im Herbst, wenn ich am Abend nach Hause kam, waren meine sämtlichen Mantel- und Anzugtaschen voll davon, dann auch der Kühlschrank, die Speisekammer, selbst der Keller, wo sich die Pilze mit ihrem Aroma ja am besten erhalten. Tagtäglich mußte sie mit mir meine Pilze essen – es gibt ja viel mehr eßbare Arten, als man denkt, und das bis tief in den Winter hinein. Natürlich habe ich mit der Zeit das Haus damit verschont, aber auch aus dem Garten, wohin ich sie dann vor ihr versteckte – sollte ich die Pilze denn wegwerfen, diese Naturgaben, diese Herrlichkeiten? –, leuchteten und rochen sie unverkennbar unter den Sträuchern und aus den Baumlöchern heraus, am ärgsten, wie ein Hundekadaver, die Stinkmorchel, die doch in jungem Zustand, taubeneigroß, eine noch nirgends beschriebene Delikatesse ist, rohgeschnitten, zum Beispiel mit Salz und Olivenöl!«

So war die zweite Sache, die der Apotheker in seinem Labor, eher seiner Küche, betrieb, seine Pilzforschung, mit ihm jetzt als dem selbstsicheren Chefkoch, jetzt als dem immer wieder stockenden, langsam von Begriff seienden Lehrling; ja, er bereitete sogar einen besonderen Pilzführer vor, worin er, einmal, den Wert mancher allgemein verachteter Arten beschreiben und dann auch den Einfluß bestimmter Pilze auf den Esser umzirkeln wollte – nicht um die rauscherzeugenden, sozusagen bewußtseinserweiternden Spezies aber ging es ihm, sondern »um die Traumpilze«, »die traumerweiternden«.

Zu Anfang der Zeit, da seine Geschichte spielt, herrschte in der Umgebung von Taxham allerdings, und nicht nur dort, eine große Trockenheit, es gab weit und breit keine Pilze, und da der Apotheker für seine Sache auf ein Exempel angewiesen war, vor allem auf dessen Geruch, kam er an diesem Vormittag mit seiner Pilz-Phantasie kaum weiter, strich höchstens aus seinen Notizen jene Beobachtungen, die er weglassen, die er überspringen wollte.

Von seinem wandlangen Tisch an der Fensterfront sah er den vergilbten hinteren Rasen, auf den immer wieder eine Amsel einlief – nur Amseln konnten so unversehens in die Leere daherkommen –, mit einem schwarzen, schimmernden, wie augenlosen Kopf, ein Ritter auf der Suche nach einem Zweikampf, sein Visier schon zugezogen. Die Hecke, aus welcher der Vogel jedesmal stieß, bildete den Anfang eines tiefgestaffelten Hürdensystems, bis zu der hohen Ortsrandhecke am Horizont, woran sich, für den Apotheker klar sichtbar, nur ein einziges Blatt bewegte, das freilich all den Vormittag lang, ein heftiges Flimmern und Flittern, für einen ganzen Baum und mit der Zeit für einen ganzen Wald stehend.

Zwischendurch war er in dem Vorderraum anzutreffen und half aus, und wenn es auch nur für ein Glas Wasser war.

Zu Mittag ging der Apotheker nach seiner Gewohnheit für einen Imbiß in das Waldstück zwischen Taxham und dem Salzburger Flughafen. Gewohnheit? Es waren das eher Riten oder selbstgegebene Vorschriften, die er streng einhielt, obwohl er sich manchmal dazu zwingen mußte.
Einem Fremden, der durch diesen Wald kam, mußte der in jeder Hinsicht zwielichtig erscheinen. Auch für die Einheimischen war er kein Ziel. Sie fuhren höchstens außen auf einer für die Ebene seltsam kurvigen Straße vorbei an eingezäunten Teilstücken – etwas bei Wäldern für das ganze Land eher Ungewohntes –, unterbrochen von kurzen, anscheinend gleich im Gestrüpp wieder endenden Wegen, mit tiefeingedrückten Reifenspuren, übersät mit Abfall wie nicht bloß von den Bodenfahrzeugen unten, sondern auch den täglich Hunderten klei-

nen Flugmaschinen darüber; selbst die Bäume, bis hinauf in die Kronen, waren bestückt mit Papier und Plastik.

Der Apotheker kannte aber in diesem Wald noch einen zweiten Wald. Das Wäldchen war umgeben von einem Wassergraben und einem Brombeerengürtel, hatte freilich an einer Stelle eine Bresche, durch die er über ein Brett, sogar ohne sich zu bücken, hineintrat. Nach dem Zwielicht wurde es hier hell, wie auf einer Rodung, wo dennoch vieles wuchs und Schatten gab, jeder Baum und Strauch jedoch im deutlichen Abstand voneinander, vereinzelt – und so auch die Schatten jeweils einzeln –, und von jeder Sorte in der Regel nur ein Exemplar, eine Himbeerstaude, eine Birke, eine Kiefer, undsoweiter im Kreis, das alles unregelmäßig, ohne Ordnung, was den Eindruck verhinderte, in einer Baum- oder Pflanzschule zu sein. Es wuchs dort auch für die Gegend ganz Ungewohntes und gar für unmöglich Gehaltenes, wie eine Edelkastanie, eine serbische Fichte (ein Überlebender der Eiszeit, ein spindeldürrer, dafür turmhoher Baum), ein Maulbeerenstrauch, eine Sykomore.

Als er sich mit seiner alten rissigen Aktentasche unter die eine Buche setzte – auch sie ein Unikum –, den Baum dort mit dem breitesten Schatten, sah er sich für einmal nicht allein. Ein paar Schatten weiter lagerte eine Gruppe von Waldarbeitern, neben ihren Werkzeugen, Sägen und Leitern, bei der Mittagsrast. Sie hatten ausgegrabene, zu einem großen Haufen aufgetürmte Wurzelstöcke angezündet, und das Feuer brannte klar und ohne Rauch, ein Einzelding unter den andern. Der Apotheker aß wie sie: die in der Tasche – sie hatten ganz ähnliche – mitgebrachten Brote und zum Schluß einen Apfel (aus dem Taxhamer Supermarkt).

»Apotheker«? Der Arzneigeruch, der ihm, ob er wollte oder nicht, an seinem Arbeitsplatz anhaftete und auch draußen noch eine Zeitlang nachging – sein Auto blieb jeweils erfüllt davon, und manchmal mied er es nur deswegen –, hatte sich unterwegs längst verflüchtigt. Und seine Kleidung war so unscheinbar, daß sie sich in Schnitt und Farbe, dort und jetzt jedenfalls, kaum von jener der Waldarbeiter abhob. Und außerdem war er wie sie barfuß, hatte sich schon auf dem Herweg die Schuhe ausgezogen: Für ihn bedeutete der Mittag die Tageszeit, da er in sich, nicht etwa des Hungers wegen, eine große Schwäche spürte, und so half ihm der Boden unmittelbar unter den nackten Sohlen, zumal der besondere in jenem Wald, wo der Weg ein paar Schritte lang weich war von den gerade haufenweis abgefallenen Edelkastanienblütenschnüren, dann zum Beispiel überging in eine Stelle mit nichts als harten Wurzelrillen, schließlich endete hier in einem regelrechten Feld aus kantigen, scharfen Buchec kern, eine Massage vom Fuß bis in die Scheitelspitzen.

Sie alle zusammen aßen ihr Mittagsbrot vollkommen schweigsam, blieben so auch eine gute Zeitlang danach. Wenn sie in die gleiche Richtung schauten, so tat es doch jeder für sich. Der von der Buche trank von der versteckten Quelle der Rodung, unter der Sykomore, so, daß ihn die andern dabei sehen konnten, setzte sich zurück an seinen Platz, während die Arbeiter schon wieder schnitten und sägten, und las wie üblich im Sommer eines der mittelalterlichen Ritter- und Zauberepen.

»Waren die nicht eher für den Winter erzählt – erzählten von Blütenfrische und Baden im See, während die Burgen verschneit und vereinsamt lagen?«

»Aber an den dort dargestellten Sommerlandschaften erkenne ich auch die jetzige, heutige Sommerwelt, tritt sie mir klarer vor Augen, und als etwas, was inzwischen Tatsache geworden ist, und nicht mehr bloß Zauber- und Märchentrick.«

»Zum Beispiel?«

»Siehe oben, siehe unten. Oder sich stundenlang durchs Dickicht schlagen, und plötzlich geht eine automatische Tür vor dir auf, und jemand nimmt dir die Tasche ab in einer klimatisierten Halle und führt dich zur nächsten Aventüre.«

»Einer sogenannten?«

»Nein, einer wirklichen. Dort auf der Schonung, im Wald-im-Wald, am frühen Nachmittag, beim Lesen, und vor allem zwischendurch beim Augenzumachen, saßen ganze unterirdische Heerscharen, grau in grau, aber auf dem Sprung, bereit, Farbe zu bekennen, und sie saßen gesattelt nicht etwa drüben im glasigen Untersberg, sondern hier unter der Sommer-Ebene.«

Er mußte noch zu der monatlichen Zusammenkunft mit seinen Kollegen in die Innenstadt, »der Apotheker von Taxham«, den seine Berufsgenossen nur so kannten, ohne seinen Namen.

Für ihn stand das Treffen ganz und gar nicht im Widerspruch zu der gemeinsamen Stunde mit den Waldarbeitern gerade, die sich durch Licht und Schatten der Einzelbäume bewegten, als ritten sie, worauf er in den Sattel sprang und ihnen entgegenritt: Seltsam nur, daß ihm derartiges allein mit diesen Draußenstehenden,

Außenseitern oder gar Ausgeschlossenen zustieß. Weil er ein Flüchtling oder Nachfahr von Flüchtlingen war, selber sich seit je als ein Uneingemeindeter, Uneingebundener sah (wenn auch längst ohne Bedauern)? Wegen seiner Tätigkeit ständig nur in den Außenbezirken, die weder Dorf noch Stadt waren, ohne Bürgerschaft und Obrigkeit?

Keine Erklärungen, keine Begründungen, »in der Schwebe lassen«. Jedenfalls rochen noch an dem Sitzungstisch dann, und viel länger, die Bucheckern an seinen Händen kräftig nach Spielkarten.

Zu Häupten der Waldarbeiter waren Wolken gezogen und hatten Einmotorenflieger gebrummt. Ein Hunger hatte den Apotheker von Taxham dort überfallen, erst einmal ein ganz leibhaftiger, nach Früchten – es gab aber kaum welche, nur eine vertrocknete Wildkirsche und eine ebensolche Johannisbeere, von dem einen Gartenfluchtstrauch immerhin –, und dann ein unbestimmter, ins Leere gerichteter, der aber ein Heißhunger war, ein Drang? ein Zwang?

Sogar der tote schwarze Maulwurf auf dem Rückweg, das Spitzgesicht im Profil, hatte ihn wieder an ein Rittervisier erinnert. Es war das jene Zwischenzeit im Jahr, da es in der Natur, sonst sozusagen sein Revier, nichts zu suchen gab, weder Früchte noch Pilze noch sonst etwas. Üblicherweise entbehrte er so ein Suchen. Doch diesmal, sagte er sich, machte ihn das frei, für etwas anderes? »Gut, daß es nichts zu suchen gab?«

Im Salzburger Zentrum bewegte sich der Apotheker von Platz zu Platz wie unter einer Tarnkappe. Nur zweimal habe ich ihn während all der Jahre dort zu Gesicht bekommen. Obwohl er mir sagte, er verkehre in der Stadt mit keinem Menschen näher, ertappte ich ihn da, freilich jeweils auf einem merkwürdigen Blick-Umweg.

Einmal kam mir so auf einem kaum je benutzten Seitenpfad des Mönchsbergfelsens der damalige spanische Ministerpräsident entgegen, im Freizeitgewand, begleitet von einem dun-

kelgekleideten, breitschultrigen Mann mit Sonnenbrille, sicher der Leibwächter – in dem ich erst, als wir schon aneinander vorbei waren, den Apotheker von Taxham erkannte.
Und ebenso erblickte ich ein anderes Mal, von der Staatsbrücke aus, auf einem Balkon des »Österreichischen Hofs«, eine seinerzeit bekannte amerikanische Filmschauspielerin (später im Pazifik ertrunken), wie sie von dort mit einer kleinen, fast scheuen Geste herunterwinkte, doch wohl nicht mir? Nein, denn im Umblicken hatte da ein eleganter Fremder – Seltenheit in dieser Stadt –, dabei staubig und mitgenommen wie ein zweiter Richard Widmark, genau wie sie zurückgegrüßt – der doch wohl nicht der Vorstadt-Apotheker sein konnte? – er war es, und schon wieder weg, wie auch die Schönheit von ihrem Hotelbalkon.

Die Monatskonferenz mit den Zunftgenossen war sommerlich und dauerte nur kurz: Einige Apotheken hatten Urlaub, und die meisten neuen Medikamente waren erst für den Herbst angesagt; für jetzt genügten, jedenfalls in der hiesigen Gegend, in der Regel die klassischen alten, von denen man allerdings, der Touristen wegen, ein größeres Lager benötigte; den von Taxham draußen betraf das nicht.

Sie saßen dann noch zu dritt auf einer Salzachterrasse, wo vom Fluß her ein bißchen Wind die Hitze auffächelte, die Apothekerin von Itzling, der Apotheker von Liefering und er. Die vom Randbezirk Itzling war eine junge Frau, zu welcher der von Taxham früher einmal, ganz absichtslos und gedankenverloren, während einer anderen Arzneiendiskussion unvermittelt geäußert hatte: »Sie sind wirklich sehr schön!«

Mir sagte er später, auch von dieser Frau gäbe es eine Geschichte zu erzählen, mindestens so abenteuerlich und rätselhaft wie die seine, außerdem sicher erotischer – sie käme in Frage als Hauptfigur für ein Buch. Warum überhaupt ich? Warum nicht sie? – Ob er sich denn eine »Die Apothekerin von Itzling« genannte Frau als Buchheldin vorstellen könne, erwiderte ich darauf. Und überhaupt möge er erst einmal abwarten.

An jenem Nachmittag, da ich den Anfang seiner Geschichte spielen sehe, versank er vor den zwei andern wieder in Gedanken und sagte plötzlich zu der schönen Apothekerin: »Warum sind Sie so braungebrannt? Bei den Ägyptern damals waren doch nur die Männer braun, die Frauen dagegen hatten alabaster- oder käseweiß zu sein. Warum gehen überhaupt fast alle Apotheker heutzutage mit dieser ständigen Bräune herum, und besonders die weiblichen?«

»Aber Sie sind doch auch selber gebräunt, und zwar tief wie ein Fellache.«

»Bei mir ist das Natur, und kommt auch das von der Bewegung, zwischen Sonne und Schatten, und nicht wie bei euch vom Liegen und Crèmen im Bräunungsstudio Süd-West, die Strahlung feinabgestimmt für das Weiß des Kittels.«

»So ungnädig sind Sie heute? Und wollten doch einst mir zu Ehren eine Pyramide aufschichten!«

Währenddessen entwickelte die ganze Zeit der uralte, fast taube Apotheker aus dem Peripheriedorf Liefering mit einer Stimme, die über den Fluß schallte, seine Theorie der Sternzeichen, wonach diese nicht nur für Leute gälten, sondern auch für Landstriche und ganze Länder. Das Schicksal der Staaten sei abhängig von den über ihnen vorherrschenden Sternen! Die Geschichte der Menschheit, der Völker untereinander und der Völker in sich selber, werde gelenkt je nachdem vom Löwen, Skorpion, Zwilling, Stier. So seien die Vereinigten Staaten von Europa schon deswegen undenkbar, weil jedes europäische Land unter einem anderen Sternkreiszeichen stehe, und die seien alle etwa gleich stark, keines von ihnen könne einen Vorrang beanspruchen. Sogar in Deutschland herrschten über den einzelnen Ländern unterschiedliche, miteinander unvereinbare Sterne, so daß die Angst vor diesem größten Land, inzwischen wieder akut, völlig unbegründet sei. Über Nordamerika dagegen regiere ein Stern allein, und deshalb sei es dort zu den Vereinigten Staaten gekommen, und diese hätten unter dem Widder? der Jungfrau? dem Steinbock? auch natürlich zusammengehalten.

»Unsinn!« unterbrach ihn unversehens der von Taxham, der eine Zeitlang neuerlich gedankenverloren hin und hergeblickt hatte zwischen der jungen Frau und dem Flußwasser. »Typischer Apothekerglaube! Nicht von dort oben, nicht vom Weltraum geht es aus, sondern von da unten, aus dem Untergrund. Und von da unten werden wir, oder meinetwegen die Länder und die Staaten, auch keineswegs gelenkt und beschränkt, sondern angestachelt, angespornt, auf die Sprünge gebracht.«

»Wo da unten? (Die junge Frau fragte das, der Greis daneben hatte inzwischen, ohne zuzuhören, seine Staaten-und-Sterne-Theorie lauthals weitergesponnen.) Im Magma?«

Jedoch der Mann von Taxham war inzwischen wieder weggetaucht, hatte die Augen geschlossen und schien sogar aufgehört zu haben, zu atmen. Und er änderte auch nicht die Miene, als

die Frau ihn jäh am Kinn packte und sagte: »Typischer Apothekerglaube!«
»Das mit Jugoslawien mußte ja böse ausgehen«, redete der Apotheker von Liefering gerade weiter: »Über jedem Land dort ein Zeichen, das von vornherein unverträglich und im Krieg war mit dem Nachbarstern.«

Er fuhr mit dem Bus zurück nach Taxham und arbeitete bis nach Sonnenuntergang – und der war im Juli spät –, bei längst versperrten Türen, dort in dem Hinterzimmer. Manchmal, schien es, wurde die Zeit faßbar in einem Bild: so wie jetzt als Bild einer Kurve, worin er, still arbeitend, sich gut liegen fühlte.
Im Lokal vorne wurde noch saubergemacht, und darauf trat von einem Moment zum nächsten eine Stille ein, in der, obwohl die Sonne schon weg war, die Farben vorherrschten, dann blühten. Etwas war beiseitegerückt, ein Hindernis, eine Sichtblende, ein Verkleinerungsglas, und es zeigte sich eine andere Weltkarte, in einem anderen Maßstab, nicht zum

Betreten und schon gar nicht zum Sicheinverleiben oder In-die-Tasche-Stecken, aber vielleicht zu einem gewissen Maßnehmen – auch wenn sie gleich wieder, bei anhaltender Stille, verblichen und zusammengeschrumpft war. Er spreizte die Finger und ließ die Luft da durchwehen.

Er stemmte sich von dem Tisch ab, mehrere Male. Durch das aufgeschlagene Fenster, durch die Gitterstäbe des Kiosks der Geruch der staubigen, gerade gewässerten Siedlungsstraßen, wobei er etwas von dem lang schon ausstehenden Landregen erwitterte, und zugleich, als ein unvermittelter Schwall von dort hinter dem letzten Heckengürtel, eine gute Taxhamer Meile weg, den Geruch des Zirkus, der doch schon bei Sommeranfang weitergezogen war.

Wenn der Apotheker in der Gegend überhaupt bekannt war – zum Beispiel bei Andreas Loser und mir –, so für seinen Geruchssinn. Während im Falle Loser es das Hören und Lauschen war, das ihn weiter-, oder, nach seinen

Worten, »zum Weiterdenken brachte«, und bei mir etwa vordringlich das Sehen und Anschauen, dann bei unserm entfernten Bekannten das Riechen – kein Extra-Schnüffeln, sondern ein bloßes In-der-Nase-Haben, ohne ein Zutun, von hundert Sachen gleichzeitig, ohne Durcheinander, klar unterschieden. (Und selbstredend ließen sich die Eigenheiten des einen von denen des andern nicht ständig trennen.) Wie einige Leute noch Monate nach einem Anblick diesen als Nachbild auf der Netzhaut bewahrten – sie brauchten bloß die Augen zu schließen – , so hatte der Apotheker längst, auch nur beiläufig Gerochenes, gleichsam Verjährtes, immer wieder neu und stärker in den Nüstern. Und so wie jenen Leuten erst an ihren Nachbildern die Gegenstände deutlich und lebendig wurden, so dem Apotheker an seinen Nach-Gerüchen.

Entsprechend springt mit dem verdufteten Zirkus augenblicklich ein Leopard, oder auch nur ein Zwergaffe, aus dem nächsten Strauch. Und der Apotheker stieg dann, wieder gedankenverloren, auf den Labortisch, krempelte sich die Ärmel auf, wippte auf den Zehenspitzen. Wie doch ein wenn auch bloß ums Kennen variierter Blickwinkel manchmal die Zwischenräume verschob, den Dingen eine andere Wendung gab, die Sachverhalte umordnete.

»Konnte das nicht auch unheimlich sein?«

»Mir ist nie etwas unheimlich gewesen«, antwortete darauf, lang nach der Zeit, in der seine Geschichte spielt, der Apotheker: »Jedenfalls nicht bis zu der Zeit.«

Oben von dem Tisch aus war nun zu bemerken, daß sämtliche Gebäude der Siedlung, in der Helligkeit ohne Sonne ein geschlossener, weitbogiger Kral, eine von dem Apothekenhäuschen in der Kral-Mitte völlig verschiedene Perspektive zeigten. Sie waren grundanders ausgerichtet als die Apotheke, welche dabei doch das erste, das ursprüngliche Bauwerk des Ortes gewesen war, standen auf einer ihm merklich entgegengesetzten Grundachse, wie in einer Mißachtung für den kleinen Zentralbau, oder als gäbe es den gar nicht.

Und noch im Wegfahren dann, beim Blick zurück über die Schulter, erschien der Flachquader dort in der Reststeppe abgedreht von dem Umland, unzugehörig sogar zu dem Erdreich drumherum, als eine Art Findlingsstein. Kein Kind mehr wach. Kein Vogel im Himmel. Dafür war dort eine Wolke, eine grauweiße große Haufenwolke, am oberen Rand vielfach gebukkelt, die langsam nach Osten zog, wie auf Wallfahrt; als wallfahrtete sie. Es hätte auch nach Westen sein können, und es hätte auch am Morgen sein können.

Zum Abendessen ging der Apotheker immer noch regelmäßig ins Restaurant, und immer noch in Richtung Flughafen. Nur befand sich sein Gasthaus inzwischen außerhalb all der ständig erweiterten und neu zugebauten Hallen, jenseits auch der Parkplätze und auch noch eines Gemüsefeldes. Es war aus einem ehemaligen Erdkeller entstanden, oder an diesen angewachsen, und der kleine, niedrige Gastraum lag gleichsam wie seit altersher halb unter der

Erde. Schön, die paar Stufen von der kaum befahrenen Straße, der man noch den früheren Ackerweg anmerkte, dort hinabzusteigen, vor allem bei dem schwindenden Tageslicht jetzt, mit dem Blick hinauf nach draußen, auf nichts und wieder nichts.

Anders als früher saß der Apotheker beim Nachtmahl auch längst schon allein, ohne Geliebte, und seine Frau hatte nur ein paarmal, am Anfang, sich ihm hier angeschlossen, so lange, bis jene dickbäuchigen Pilze, blau anlaufend beim Anschneiden, dann ins Olivgrün spielend, von ihm gesammelt und dem Koch zum Zubereiten überlassen, für sie, die zum Essen Gedrängte, den »Geschmack von Menschenfleisch« hatten.

Draußen, im Kopfheben, kam die Dämmerung über die Felder, und das letzte Flugzeug landete; es gab keine Nachtflüge.

Der eine sonst noch besetzte Tisch stand in der Gegenecke, aber weil es trotz der offenen Erdkellertür ziemlich still blieb, war das Gespräch dort, zwischen einem Paar und einem Mann, der sich dann als Priester in Zivil herausstellte, gut zu verstehen, selbst wenn niemand die Stimme hob. Dem Paar war das einzige Kind weggelaufen und nun verschollen, schon seit Jahren. Und im Lauf des Abends stellte sich heraus, daß sie es vielmehr verjagt hatten, ausgesperrt, und wieder ausgesperrt, zuletzt die Tasche vor die Tür, nein, einen Plastiksack, die Rollbalken zu und verreist, um nichts mitansehen zu müssen. Und nun waren die beiden auch miteinander am Ende. Die Frau: »Ich möchte tot sein.« – Der Mann: »Ich auch.«

Der Priester führte aus, das Sterben sei vielleicht eine Art Salto mortale, nach dem man wieder auf die Füße komme, ganz andere Füße; verhaspelte sich, geriet ins Stammeln, wurde stumm; und alle drei schwiegen dann nur noch; das Paar weinte.

Der Apotheker von Taxham saß unsichtbar daneben und mußte, als er die Rechnung verlangte, ein paarmal den Arm heben. Und als er sich verabschiedete, tat er das in einer Sprache, die der Wirt für Spanisch hielt. Spanisch? Es war ihm selber unverständlich, was er gerade gesagt hatte. Es war überhaupt keine Sprache gewesen.

Als er mit dem Rad seiner Frau, das ziemlich hoch war, durch die Flußebene heimwärts fuhr, kam ihm in der schon stockdunklen Au ein mächtiger Schweißgeruch entgegen, wie sich dann nach der Kurve herausstellte von einem Trupp Soldaten auf dem Nachtmarsch.

Eine der Nachbarfamilien vom Uferdammweg saß noch auf der Veranda, und er unterhielt sich mit ihnen für die Zeit des Gartentoraufsperrens (das Tor war aber gar nicht versperrt, wie immer, wenn seine Frau das Haus verließ); über der Hecke von den andern kaum die Köpfe zu ahnen.

In einem seiner Dachfenster schien ein Licht zu glimmen?, nein, der Widerschein einer fernen Straßenbeleuchtung. Und etwas wie Spinnweben heftete sich ihm auf dem Weg zur Haustür und dann auch drinnen im Vorraum an das Gesicht, so als sei er viel länger weg gewesen als nur diesen Tag.

Er schaute fern für gerade nur einen Augenblick, wobei ein Mann auf dem Bildschirm groß den Mund auftat – vor dem ersten Wort wieder ausgeschaltet.

Wie üblich, wenn ihm das ganze Haus freistand und er nicht mehr beschränkt war auf seinen Wohnteil, wußte er nicht, wohin; fiel es ihm schwer, seinen Platz zu finden. Wie lange auch war er nicht mehr in den Räumlichkeiten seiner Frau gewesen, seit ihrem letzten größeren Fortsein nicht. Und nun ging er dort kreuz und quer, im matten Licht – jede zweite Glühbirne ausgebrannt –, und merkte dann, daß er unwillkürlich eine für ihn bestimmte Nachricht oder ein Zeichen suchte. Aber nicht einmal Spuren der gemeinsamen Vergangenheit waren zu finden, es sei denn, halb versteckt, ein winziges Automatenphoto von ihrem Sohn, eingeklebt in ein Landschaftspanorama, kaum zu sehen dort in einer Baumkrone, zudem mit dem Kopf nach unten, wie ein Rebus.

Wie fragil sie im übrigen alle ihre kleinen und großen Sachen untergebracht hatte, nicht nur in ihrem Badezimmer, sondern auch in ihrem Küchenbereich: Die dem Anschein nach so strenge Ordnung, die sie hinterließ, konnte von dem bloßen Anstreifen an eine Kleinigkeit völlig durcheinandergeraten. Entweder hing etwas an einem einzigen Faden, oder stand auf einer, meist hohen, Kante, oder diese Kristallkugelgruppe verharrte, auf den ersten Blick wie durch ein Wunder, auf einer schiefen Ebene – aber keinen Schritt weiter! –, oder mußte, wie dieses offene Salzfaß, trotz der vielleicht geraden Unterlage beim leisesten Schubs kippen, weil es einen derart abgeschrägten Fuß hatte, oder mußte, wie dieses Bündel von Bleistiften, beim noch so drucklosen Aufsetzen brechen, so feinst zugespitzt war es. Und wenn gerade das nun das Zeichen war?
Und er wendete, zurück in seinem Bereich, im Schlafzimmer das Kopfkissen um; nichts. Seltsamer Gegensatz der beiden Kissen: das nicht wenig zerknitterte eine, und das ganz unbe-

rührte, glatte andere daneben, die Bügelfalten wie schon seit Jahren so, gleichsam unter einem Glaskasten, ein Bett in einem menschenleeren, dabei wohnlichen, die Rückkehr von jemandem erwartenden Schloß.

Seine Tochter hatte noch angerufen von ihrer Urlaubsinsel: sie hatte vor, etwas länger dort zu bleiben; und dann auch seine Frau: sie war gut angekommen, sagte freilich nicht, wo.
Er spielte eine Partie Schach mit sich selber; ließ »den anderen« gewinnen. Durch die offenen Fensterflügel war der schnell fließende Fluß zu hören, unsichtbar hinter dem Damm, zusammen mit dem Grillenzirpen, eher ein feines ständiges Auftrillern aus der Böschung, aus dem Unterholz, aus den Erdlöchern, das sommerlichste der Geräusche. Der Mond verschleierte sich.
»Was willst du?« sagte der eine Spieler zum andern. »Willst du überhaupt noch irgend etwas?«
»Ja. Ich will die Fortsetzung. Ich bin ziemlich gespannt, wie es weitergeht.«

»Womit? Mit wem?«

»Mit mir. Mit uns. Mit meiner Geschichte. Mit unserer Geschichte. Nur werden wir dazu auch selber etwas tun müssen. Und damit meine ich nicht unbedingt Tiefseetauchen oder Auf-den-Himalaya-Steigen.«

»Und wie stellst du dir so eine Fortsetzung zum Beispiel vor?«

»Jemand käme jetzt etwa durchs offene Fenster gesprungen und bäte um Hilfe. Oder hielte mir ein Messer an die Gurgel. Oder ich fände morgen früh eine Schlangenhaut neben mir im Bett. Nein, es müßte mehr sein als nur eine Haut, und etwas Schrecklicheres als bloß eine Schlange.«

»Und warum hast du solch eine gepreßte Stimme?«

»Auch meine Tochter hat mich das gerade gefragt, sogar meine Frau. Meine Stimme komme wie aus einem Brunnenschacht, so die eine; wie aus einem Kanalloch, so die andere.«

Der Apotheker übte sich zuletzt an diesem Tag im Werfen, der Schachfiguren in die Schachtel, diese bei jedem Wurf um ein Stück weiter weg gerückt.

Ob es seine getrockneten Pilze waren, von denen er noch abbiß, oder nicht: Jedenfalls hatte er in der Nacht zwei ohne ihn, jenseits seiner Person, spielende Träume. In dem einen grenzten an den kleinen Keller im Haus Fluchten von unterirdischen Räumen, ein Saal übergehend in den andern, prunkvollst eingerichtet, feierlichst beleuchtet, dabei allesamt leer, wie in Erwartung, bereit für ein herrliches, vielleicht auch schreckliches Ereignis, und das aber nicht erst seit kurzem gerade, vielmehr seit Menschengedenken.

In dem zweiten Traum waren plötzlich die Hecken zu den Nachbargrundstücken nicht mehr da, mit Gewalt entfernt oder einfach weggefallen, und man sah einander in die Gärten und auf die Terrassen, und nicht bloß darauf, sondern in jeden Winkel der auf einmal völlig entblößten Häuser hinein, und ebenso auch ein Nachbar den andern, in den ersten Augenblicken zu einer ungeheuren gegenseitigen Scham und Schande, allmählich dann aber mit einer Art von Erleichterung, ja beinah Freude. (Zu bemerken noch, daß alle diese unumheckten Häuser sich als Pfahl- oder Moorbauten zeigten, ein jedes mit einem unten da angepflockten Boot.)

Danach kam freilich, unversehens, war das noch ein Traum?, ein Schwarz, und dann war nichts mehr als dieses Schwarz, kein Ablauf, kein Film, sondern das Ende des Films, das Ende überhaupt jedes »bin«, »bist«, »ist«, »sind« und »seid«, ein Schwarz so raumverdrängend, daß es den Apotheker auf der Stelle aus dem Schlaf trieb – nur verflüchtigte es sich dann nicht, es blieb.

»Ich hatte doch tatsächlich vergessen«, sagte er, »daß mir ein paar Tage vorher eine kleine schwärzliche Wucherung aus der Haut geschnitten worden war und das Untersuchungsergebnis bald bevorstand.«

Hatte er die ganze Nacht so auf dem Rücken geschlafen, mit den überkreuzten Beinen? Zwischendurch war im sperrangelweit offenen

Fenster für einen Augenblick noch, in einer sich rasch vergrößernden Wolkenwand, der wie vornübergestürzte abnehmende Mond aufgetaucht, mit dem Gesicht nach unten.

2

Windstöße, Geruch von woanders gefallenem Regen. Und jetzt, im ersten Morgenlicht, war das jener dunkle klare weithorizontige Tag, wie er ihm lieb war und von dem er sich wünschte, er möge bis zum Abend so bleiben. (Die ewige Sommersonne und die Bläue hatten schon etwas vom ewigen Eis gehabt.)

An solch einem dunklen Tag kamen die kleinsten üblichen Abläufe ins Vibrieren, gleich den Probestarts für einen Aufbruch. Und zugleich die Ruhe rundum, keine Trugbilder mehr durch die Sonne. Eine Art Übergänglichkeit an Hand solcher dunklen Klarheit, auch eine Sorglosigkeit: In der grellen Sonne hätte die Nachtschwärze von eben viel länger Bestand gehabt.

Auf zum Schwimmen hinten im Fluß. Ohne die Sonne hatte dessen Wasser ein ganz anderes Glänzen, und wirkte auch weniger eisig. Jenseits der Grenze zeigte sich im Sich-treiben-Lassen zwischen den Uferbäumen ein Haus, das gestern noch nicht dagestanden hatte? Und dabei war es doch alt?

Ebenso trat dann im Garten aus der fernen Bergpyramide dort eine Felswand hervor, von der Form und Helligkeit eines Segels, über Nacht neu dazugekommen? Unwillkürlich streckte er durch diese dunkle Luft die Arme aus, nach jemandem in Hüfthöhe.

Lesen im Mittelalter-Epos. Eigentümlich, wie, wenn wieder die »herrlichste Aue der Welt« besungen wurde, man gewiß sein konnte, der jeweilige Held werde da gleich auf ein Schrekkensbild stoßen, einen blutenden Ritter auf einer Bahre, mit abgeschlagenen Beinen und nur noch halbem Kopf, oder auf eine Jungfrau mit den Zöpfen in einen Baum gehängt.

Regnete es schon? Nein, winzige Tierchen fielen in einem fort aus der Gartenpappel – davon das ständige Knistern im Gras, und auch auf den Buchseiten. Und sie ließen sich nicht da wegblasen: Je stärker das Blasen, desto unerschütterlicher hockten sie zwischen den Buchstaben; bewegten sich erst bei Windstille wieder dort weg. Und eine Fledermaus zuckte, ledriges Geräusch, aus einem Busch hervor, Seltenheit am Morgen?, nicht an einem solchen, und man konnte ihr da auch nachschauen, als flöge sie langsamer als sonst. Die ersten Vögel im Himmel nicht so hoch wie vielleicht im üblichen Blau, oder doch höher?, und jedenfalls so hoch, wie kein Flugzeug und auch kein Satellit je fliegen würde.

Das einzige, was laut war: die Raben, die Hauptbevölkerung, schien es, nicht nur dieser Gegend hier, und längst von Winter- zu Ganzjahresvögeln geworden. Sie schrieen meist im Unsichtbaren, wie alte Hähne, die bloß noch einen Ton herausbringen, nur eben lauter, und ziemlich oben in den Lüften, zwischendurch auch ein mächtiges tiefes Gegluckse, ein Hämmern sozusagen blind auf ein Xylophon.

Einer unter den Tausend zeigte sich nun, auf dem breiten Wipfel der Nachbargartenzeder, der an diesem Morgen ebenfalls erstmals dort wahrgenommenen. Der Rabe gestikulierte auf einem der nasenbärhaften Zweigenden, im

Profil, mit einer rundlichen Frucht im Schnabel – der Garten, und nicht bloß der eine hier, war übersät mit solch von ganz woanders stammenden Fallfrüchten, auch Stücken von Mangos, Lychees, Kiwis –, die Federn zerzaust, und wild durcheinandergefächert, die Flügel vielfach geknickt, gefaltet, weggestreckt, als habe er weit mehr davon als das eine Paar, oder hockten dort gleich mehrere Raben auf einem Haufen zusammen? fraßen einander die Fliegen aus dem Gefieder?

»Rabe, komm und sprich!« Und der Rabe kam aus der Baumkrone geflogen, landete auf dem Gartentisch neben dem aufgeschlagenen Buch und dem Blue-Mountain-Kaffee, vollführte zunächst mit Kopf und Schwingen eine Serie von stummen Lotsensignalen und sagte dann: ». . .«

Als er aufflog, buckelte sich an seiner Stelle auf dem Tisch eine dicke Made. Und er hatte stark aus dem Schnabel gestunken und helle Flecken am Kopf gehabt. »Zünd endlich die Zündschnur an!« hatte er unter anderm gesagt. Tatsächlich schaute da, neben dem längst verrosteten Stück eines Kinderwurfpfeils, aus der Gartenerde etwas wie ein weißliches Luntenende – das er, wie befohlen, anzündete. »Und schneid das Brot mit der Hand, und nicht mit der Maschine!« Und wirklich war, als er tat wie befohlen, als schneide er das Frühstücksbrot mit für andere.

Der Apotheker wusch dann vor dem Haus seinen ziemlich neuen großen Wagen, fast so breit wie die Uferzeile, an der er wohnte, räumte die Rücksitze leer und fühlte sich bereit, gewappnet und gerüstet, wenn auch mit dieser und jener Schwachstelle, was freilich, laut wiederum dem Raben, »nur recht war«.

Die Fenster auf und, die Hände am Steuer, vor der Abfahrt noch eine Seite im Epos gelesen. Kein Wind bis jetzt an dem dunklen Tag; dafür das Wehen aus dem Buch. »Ab heute, bis zum Ende der Geschichte, keine Zeitung mehr!« (Der Rabe.) Und in der Tat war ja die Zeit, da diese Geschichte spielt, nicht die Zeitungszeit. Schrie da nicht jemand, zugleich jetzt mit dem

Starten, seinen Namen, im Haus? aus dem Flußbett dahinter? kläglich? um Rettung? Nein, nur wieder das Rabenquarren. »Und ab heute, bis zum Ende der Geschichte, hast du keinen Namen mehr!« Und ein Nachbar ging an dem Auto vorbei, ohne ihn darin zu erkennen.

Der letzte Blick im Moment des Startens galt nicht dem Haus, sondern dem Briefkasten davor: Endlich nicht mehr jener Sonnenfleck darin, der ihm in den Sommerwochen zuvor jedesmal neu einen Brief vorgegaukelt hatte; auch das ein Vorteil dieses klardunklen Tags – leer war leer.

Erlebnis einer Kraft dann unterwegs, die ganz und gar nicht von dem Fahrzeug kam, einer eher fremdartigen, vielleicht unnützen und lächerlichen, einer, die auch das Symptom einer lebensgefährlichen Krankheit sein konnte? Es fehlte ihm der Rabe, oder wer? »Urlage«, das war in dem mittelalterlichen Epos ein Wort für den Krieg. »Sie ritten zu dem Urlage.«

Am Abend des Tages, nach der Arbeit und Forschung, fast unsichtbar und fast lautlos, in der Heckensiedlung oder auf der Verlorenen Insel, der Weg zu dem Erdkellerlokal.

Nur einmal hatte er tagsüber mit jemandem, aus seinem Labor hinten, einen längeren Blick getauscht, durch die Vergitterung dort mit einem Kind, das auf einer Schaukel über eine der Hekken tauchte, erstaunlich hoch hinaus für seine Kleinwüchsigkeit; oder war das ein Zwerg gewesen? – jedenfalls zur rechten Zeit für so einen Blickwechsel, gegen Mittag, da die Kraft nachließ.

Der Tag war beständig so dunkel und klar geblieben. Und jetzt, auf der Mitte des Weges zwischen Taxham und dem Flughafenkomplex, an dem Krummen Wald – so geheißen wegen der ihn langwierig umkurvenden Landstraße –, fing es endlich, zum ersten Mal in diesem Sommer, zu regnen an.

Sofort eingebogen in einen der Waldwege und aus dem Auto gestiegen. Auf einen Baumstrunk gesetzt, mit einem Gebüsch als Dach.

Einen Kiesel gegen einen entfernten Stamm geworfen: getroffen.

Schon lang roch es nicht mehr nach Apotheke, oder auf andere Weise jetzt doch – die ersten Regentropfen nach der wochenlangen Trokkenheit. Die noch sporadischen Krater im Staub (ja, selbst die Wälder standen fußtief mit Staub, man kam mit weißgraugepuderten Schuhen heraus), die von den Tropfeneinschlägen wegrollenden Erdkugeln, wegspritzenden Rindenstückchen: so war vielleicht einmal ein neues Zeitalter angebrochen, oder hatte sich nach einer halben Ewigkeit von Stillstand und Starre überhaupt erst so etwas wie die Zeit in Bewegung gesetzt.

In die Hocke gegangen, um dem Vorgang näher zu sein; und außerdem war man hockend auch sich selber am nächsten. Das Gesichtsfeld blieb dabei so weit wie nur möglich: das geparkte Auto, in dem sich, mit der zunehmenden Düsternis ringsherum, eine eigentümliche Helligkeit gefangen hatte, bei überdeutlich leeren Sitzen, und als gebe es von diesen auch mehr als sonst, ganze Reihen; dahinter das Flugfeld mit der sich in die Luft hebenden letzten Maschine, an einem Fenster jener Passagier, der den Außendunst innen abwischen wollte; zur rechten Hand auf der Autobahn ein fast unendlicher Lastwagenkonvoi, weiß in weiß, die Truppen der Vereinten Nationen im Einsatz gegen einen neuen Krieg, oder eher auf der Rückkehr davon (ein paar Laster wurden auch abgeschleppt, halb verbrannt); zur Linken der Hundeabrichteplatz am Waldrand, wo einer der Hunde sich gerade verfangen zu haben schien in einer Schlupfröhre und elendiglich heulte, während ein anderer sich unter fast ebenso durchdringendem Knurren, ständig an einem hinter einer Wand versteckten Mann hochspringend, in den Stoffballen verbiß, mit dem »der flüchtige Verbrecher« den Unterarm umwickelt hatte, dann nicht mehr loslassend und verbissen so hängend, auch als man mit ihm im Kreis lief und das Tier durch die Luft schwang.

Zunehmen des Regens, Sich-Leeren des Felds,

Eintrüben und Verschwimmen der Wahrnehmungen, dafür aber keinerlei Klarwerden und Sich-Einprägen von Gedanken, auch bei diesen ein Verschwimmen bis zum völligen Aussetzen, bis zum Garnichtsmehr: »In den Narrenkasten schauen«, wurde solch ein Zustand genannt, geläufig sonst eher bei Kindern.

Und es wurde nun so schnell wie noch nie finster, war mit einem Schlag schwarz vor den Augen.

Oder war das nicht wirklich ein Schlag gewesen, mit Wucht und aus nächster Nähe, genau auf die Stelle der Stirn, wo man ihm vor einer Woche die kleine dunkle Schwellung herausgeschnitten hatte? Oder mehrere Schläge, viele, aus dem Stockfinstern heraus?

Und wenn er sich in diesem Zwei- oder Zehnkampf gewehrt hatte, so nur am Anfang, in der Einsicht, mit keinerlei Gegenwehr, gleich welcher, fände er aus dieser Lage heraus, vielmehr allein durch ein Erdulden so lange wie möglich.

Und wenn ihm dabei etwas klar wurde, sofort, mit dem Finsterfallen des Umfeldes und dem Kopfschlag, so das eine: ab jetzt, und das unbefristet, konnte er keinen Schritt mehr tun ohne das Bewußtsein dieses neuen Zustands, welcher sich ihm aufdrängte als ein allseitiges Umstelltsein – freilich noch nicht so nah und so lückenlos, daß kein Durchkommen mehr wäre.

War es ein Überfall gewesen? »Wenn ein Überfall«, sagte er mir viel später, »dann einer durch meine Vorfahren – ich habe sie zumindest noch lange nach dem Schlag an mir gerochen.«

»Erzählen Sie mehr davon.«

»Nein. Sie, der Aufschreiber, sollen nicht der Herr meiner Geschichte sein. Auch ich selber bin schließlich nicht der Herr meiner Geschichte. Alles, was ich sagen kann: Als ich meine Gedanken wieder beisammen hatte, lag ich zwischen den Stangen des Gebüsches, wie da hineingeworfen, eingekrümmt zwischen den Wurzelstöcken, dadurch aber noch nicht naß, obwohl es unterdessen goß, wie es nur in der Salzburger Gegend gießen kann. Und ich spürte in mir eine seltsame Freude, oder war es eine Dankbarkeit, oder war es ein Schwung? Jetzt war es recht. Der Kampf konnte beginnen. Der Schlag im Finstern hatte den letzten Apotheker- und Laborgeruch aus mir herausgeklopft, und ich wäre gerne so im Gebüsch geblieben. Ich wollte etwas fangen, etwas einfangen, irgendein Wild. Wie schnell konnte man zum Waldmenschen werden, zu einem, wie es ihn noch nie gab. Ein paar Blutstropfen waren auf dem trockenen Laubboden dort in dem Buschkorb.«

»War es denn nicht mehr so stockdunkel?«

»Keiner soll der Herr dieser Geschichte sein. Deshalb nur noch eins zu jenem Augenblick: Mit dem Schlag war ein Geruch verbunden gewesen, ein Duft, oder am ehesten etwas wie eine Würze.«

Bevor er weiterfuhr, leuchtete er mit den besonders starken Scheinwerfern seines Autos in

die verborgene Schonung hinein. Einige Bäume standen nicht mehr da, die er doch zu Mittag noch besucht hatte. Die Wildkirsche, die Sykomore, die Edelkastanie, die Buchenpappel – es gab dort diese merkwürdige Kreuzung – waren verschwunden, oder in dem kaum eine Blicklücke lassenden Sintflutschwall auch bloß unsichtbar.
Dafür lag davor in dem Dickichtgürtel ein Haufen von Menschenkörpern kreuz und quer durcheinander, in Säcke gesteckt, diese wie oben zugebunden; nur ein Scheitelwirbel schaute hier und dort naß heraus. Tote? Eine Schlacht? Und in der Tat war das eine Kompanie von Soldaten, hingestreckt dort ins Unterholz, wenngleich eher aus Erschöpfung, die vom gestrigen Nachtmarsch?, so erschöpft, daß gerade bloß einer in dem doch so grellen Scheinwerferlicht mit einem Auge aus seinem Schlafsack äugte.

Das Erdkellerrestaurant dann war, bis auf den wie allabendlich für ihn reservierten Tisch, zum

Erstaunen voll, obwohl in der Feldwegbucht davor gerade nur das Koch-Auto parkte.

Waren das Gäste eines ausgefallenen Fluges, hergeschickt von den Schaltern jenseits des Ackers? Dann hätten sie aber wohl alle das gleiche vorgesetzt bekommen – was nicht der Fall war. Dafür schien jeder den andern zu kennen. Zumindest wirkten sie untereinander vertraut. Ohne daß von Tisch zu Tisch Gespräche stattfanden, wechselten doch stetig die Blicke hin und her, nicht jene schnellen und verstohlenen wie oft zwischen Fremden in Gasthäusern, sondern aufmerksame, großäugige, freundlich teilnehmende, die Eß-Nachbarn zugleich in Ruhe lassende. Zwar wendete sich bei seinem Eintreten – übrigens mit gebücktem Kopf, so niedrig war die Kellertür – keiner nach ihm. Und doch ging ein kaum merklicher Ruck durch die Anwesenden, des Erkennens, und so, als sei man froh, daß er da war, auch er. Und er erlebte das nicht viel anders: als habe er diese Leute schon irgendwo einmal getroffen, und das sei jedenfalls nichts Unangenehmes oder

Schlechtes gewesen, habe sich unter einem eher guten Zeichen abgespielt.
Trotzdem verließ ihn selbst da in keinem Augenblick das Bewußtsein der Gefahr, nicht bloß einer Zusammenpralls-, sondern einer Vernichtungsgefahr, einer zudem, für die es im Handumdrehen, mit einem falschen Handgriff, sogar einem falschgesetzten Atemzug, zu spät sein konnte.
Es fröstelte ihn. Niemand sollte es merken. Warum nicht? Es konnte ja auch daher kommen, daß er regenbenetzt war. Und außerdem waren alle Gäste ihm wohlgesinnt. Und fröstelten nicht auch einige unter ihnen? Wirkten ziemlich durchnäßt, bis auf die Hemden und Blusen (von den über die Stühle gehängten leichten Sommerjacken hier und dort kleine Lachen auf dem mit durchsichtigem Lack versiegelten einstigen Erdkellerlehmboden)? Nur war sein spezielles Frösteln nicht von außen bestimmt, kam eher von unten herauf, wie aus dem Boden, und für Momente war es nicht mehr zu trennen, ob nicht dieser bebte, und

zwar gewaltig, und nicht allein zu seinen Füßen. Er mußte sich festhalten und verrückte dabei den schweren Tisch. Es war noch die Wärme all der Sommerwochen in dem Lokal. Niemandem konnte kalt sein.

»Was ist Ihr Begehren?« (Frage des Wirts, der ihn nur als Gast kannte, und sonst weder seinen Namen noch seinen Beruf.) Bereits bevor der Gast den Mund auftat, wußte er, daß da kein Wort herauskäme. Er hatte die Sprache verloren, und das für länger als nur für den Augenblick. Warum waren dann aber der Schlag und die Schläge vorhin im Stockfinstern begleitet gewesen von so gar keinem Schrekken, auch nicht von Todesangst? – Schon lange, bildete er sich ein, hatte er keine Angst mehr vor dem Tod.

Die Sprache verlieren, wie war das? Ähnlich etwa wie manchmal in den Träumen, wenn man laufen sollte, flüchten oder, eher noch, jemanden retten, einen nahen Angehörigen, den nächsten, aus dem Wasser, aus dem Feuer, vor dem Abgrund, vor der Bestie, vor dem Zer-

reißteufel, und man kommt nicht von der Stelle, steinsackschwer.
Und trotzdem setzte er nun an zu reden, zu sagen, was sein Begehren war, fuhr sogar wie beiläufig mit der Hand durch die Kerzenflamme auf dem Tisch, durch die bläuliche Durchsichtigkeit da, damit der Schmerz der toten Zunge vielleicht auf die Sprünge hülfe. Nicht einmal ein Lallen. Kein Mucks.
Und das lag nicht daran, daß er nichts begehrte. Erst einmal hatte er einen großen Hunger, wie schon lange nicht mehr, wohl auch wegen des Regens jetzt, mit dem alles im Umkreis, mehr als nur die Speisen, frischer und appetitlicher wirkte.
Und dann war da noch, begünstigt und aufgestaut durch den Sprachverlust, ein anderes Begehren erwacht, oder ausgebrochen, oder durchgebrochen, weniger in ihm spürbar als in der Luft allgemein. Wie die Redensart von einer Frage sagte, sie stünde im Raum, so konnte das hier mit einem ganz anderen Recht gelten. Das Begehren stand im Raum. Was für

ein Begehren? Ein eher ungeschicktes, ungeübtes, noch nie praktiziertes oder in eine Tat umgesetztes, allgemein auch außer Brauch gekommenes und möglicherweise nie in Gebrauch gewesenes, kindliches, verlegenes, sich seiner selber schämendes und demgemäß unelegantes, sich schlecht und mißverständlich ausdrückendes, zu verwechseln mit dem Äußern von Zahnschmerzen, Bauchgrimmen, dringendem Notdurftverrichten, oder auch mit einem Um-Gnade-Flehen.

Nicht einmal das Zeigen der doch heißbegehrten Speise auf der Karte gelang ihm. Er fuchtelte nur herum. Er schlug dem Wirt den Notizblock aus der Hand. Zum Glück wurde ihm die Spezialität des Tages empfohlen, genau die, die er wollte, und sein Kopfrucken richtig als Nicken ausgelegt.

»Mit dem Regen jetzt werde ich Ihnen ja bald wieder Ihre Pilze als Zuspeise servieren«, sagte der Wirt. Und dann: »Sie haben Blut an der Stirn, viel Blut. Ein Unfall? Gegen die Windschutzscheibe geprallt?« Und er band ihm dann eigenhändig ein in kaltes Wasser getauchtes Tuch um den Kopf, unter den Blicken von gerade nur dem unmittelbaren Nebentisch, ohne Neugier, still teilnehmend, auch in dem Sinn einer Beschwichtigung: »Halb so schlimm!«, und: »Das Tuch steht Ihnen gut, wie für Sie gemacht.«

Stunden des Nachtregentrommelns dann auf das Herbergsdach. Und so würde das in der Gegend noch tagelang weiterregnen. Es war, als könnte man alle in dem Erdkeller von hinten sehen, und zudem von hoch oben, ohne Dach, triefnaß und in Ruhe weiteressend. Manchmal sah man sich selber im Traum so von hinten, mit ein paar anderen ebenso Unbekannten, als die Helden eines Abenteuerfilms, dessen Zuschauer man zugleich war.
Nach und nach gingen die Gäste, die jeweils in bar bezahlt hatten, mit großen, aus den Hosentaschen gezückten Scheinen. Sie wurden entweder von Taxis abgeholt oder von Chauffeuren, die immer mit Schirmen wie für ein Paar

dahersprangen. Mindestens jeder zweite schlug sich an der Oberschwelle der Kellertür den Schädel an, auch die und jene der in der Regel hochgewachsenen Frauen. Eine von denen sagte beim Hinausgehen zu ihm mit einem schnellen Lächeln: »Viel Glück!« Und bei den anderen zeigte sich an der Tür ein Ausdruck – keine Bewegung, kein Zwinkern – in den Augenwinkeln, der ein Gute-Nacht-Gruß war. Dabei hatten sie sämtlich etwas Abgerissenes und Heruntergekommenes gehabt, und das nicht nur wegen ihrer Unrasiertheit, ihrer strähnigen Haare, ihrer unkontrollierten Art zu gehen, etwas zutiefst Gebrochenes und Zerfallenes, eine Rat- und Hoffnungslosigkeit, und als könne niemand von ihnen sicher sein, auch nur diese eine Nacht zu überleben.
In dem Mittelalterbuch auf seinem inzwischen abgeräumten Tisch wurde ein Schwertstreich gegen jemanden geführt, von dem man dabei das Herz in der Brust offen liegen sah.
Auch er zahlte aus der Tasche. (Das war freilich nichts Neues bei ihm.) Die Küchenmannschaft

stand hinter der Glaswand schon mit gesenkten oder verschränkten Armen, bis auf den dunkelhäutigen Abwäscher, der ebenfalls zu groß erschien für das Lokal, wie gebückt nicht nur beim Wasserhahn, sondern auch beim Einräumen des Geschirrs in die Regale oben.

Ein weiterer Tisch war noch besetzt, wie am Vorabend, diesmal mit zwei Männern. Sie trugen trotz der Düsternis im Raum Sonnenbrillen und wirkten im übrigen sogar stärker heruntergekommen als die andere Zufallskundschaft, oder taten auch nur so – wie war es sonst zu erklären, daß ihnen der Wirt jetzt sein Gästebuch brachte, worin sie sich beide ohne Umschweife eintrugen?

Und endlich erkannte er sie. Der eine war ein einst überlandweit berühmter Wintersportler, ein Schifahrer, der vor vielleicht drei Jahrzehnten aus Amerika eine olympische Goldmedaille heimgebracht hatte, und das trotz eines verlorenen Schistocks. Und sein Gegenüber war ein auf andere Weise früher einmal berühmt gewesener Dichter, ein Flüchtling und Ausländer,

der dafür seinerzeit ein Deutsch geschrieben haben soll, wie es kein Einheimischer im Kopf hatte und wie es doch vielen, vor allem den regelrechten Massen, die seine Gedichtvorträge hörten, sofort einleuchtete.

Und waren nicht auch die Gäste zuvor durch die Reihe solche langjährigen Zelebritäten gewesen, die sich eher zufällig hier getroffen hatten, veranlaßt vielleicht von einem Artikel, das Essen sei gut und zugleich könne man sich, als Berühmtheit, in dem Erdkeller »vor der Welt verstecken«?

So oder so: Den zwei Übriggebliebenen stand der Schweiß auf der Stirn, und er roch den von weitem als Angstschweiß; und sah auch, wie er, fast schon gestoppt, jeweils plötzlich neu nachquoll. Und daneben lachten die beiden zwischendurch wieder, einmal übers ganze Gesicht, einmal dann kichernd, einmal auch so herzhaft, wie sonst nur Säuglinge lachen können: ob man wollte oder nicht, und ohne zu wissen, worum es sich handelte – man mußte mitlachen. Winkten sie ihm da leicht zu? Waren sie betrunken? In dem Kerzenlicht schienen an ihren Wangen beiderseits Nagetiere zu hängen, dort verbissen.

Er saß dann draußen in seinem Wagen, ohne gleich abzufahren. Der Nachtregen schlug hier noch ganz anders auf das Dach. Außerdem war es seine Angewohnheit, einfach so dazusitzen, irgendwo, zur Windschutzscheibe hinauszuschauen, oder zu lesen. Als er noch viel gereist war, hatte er oft so am Meer Leute einzeln in ihren Autos sitzen sehen, ebenso nichtstuend oder lesend, an Steilküsten meist, gegen Westen, ob mit oder ohne Sonnenuntergang, und er hatte sich das zum Vorbild genommen.
Wie dunkel so ein Flughafen sein konnte, dunkler als sonstwelche Zivilisationsanlagen, samt den mit Bodenlichtern gesäumten Rollbahnen. Aus dem ehemaligen Feldweg hatte die Sturzflut einen mächtigen Brocken der zugefügten Teerdecke herausgewaschen, der über die Böschung gerutscht war, und darunter ragten die Teile eines zum Straßenbau verwendeten Hau-

ses oder gar Schiffes hervor, ein Stück Geländer, eine Treppe zum Zwischendeck, ein umgekippter Bug, von dem das Himmelwasser unter heftigem Gurgeln hinabgesaugt wurde in tiefergelegene Hohlräume, in den Haus- oder Schiffsbauch.

Da gingen nun die zwei letzten Gäste aus dem Erdkellerlokal, in dem hinter ihnen gleich die Lichter erloschen. Ohne Mantel oder Schirm waren sie mit dem ersten Schritt schon klatschnaß gewesen, bewegten sich dabei aber ohne Eile, fast als lustwandelten sie in diesem schweren Regenguß, und hätten sich dazu auch entschlossen. Er fuhr auf ihre Höhe und ließ sie einsteigen.

Auf der Weiterfahrt schwiegen sie alle drei, bis sie aus dem Zwickel der Start- und Landepisten, der Autobahnen und Bahngleise heraus waren, und auch heraus aus dem natürlichen Zwickel oder Dreispitz der ineinandermündenden Flüsse. Der am Steuer schwieg, weil er weiterhin mit Stummheit geschlagen war, und sie, die beide hinten saßen wie in einem Taxi, aus gleichwelchen Gründen. Sie hatten ihre dunklen Brillen abgenommen. Ihre Augen waren schmal und wach, und sie rochen nach rein gar nichts mehr, höchstens ein Anhauch von den nassen Haaren, wie von abgebrühten Hühnerfedern, nichts jedenfalls von ihren durchnassen Kleidern. Als diese, in dem großräumigen Wagen mit warmem Gebläse allerseits ziemlich rasch, getrocknet waren, glitt der einstige Slalomchampion auf den Sitz neben ihn und begann ihn anzureden.

Das war während der Fahrt durch einen Tunnel, wo das Getrommel auf das Autodach augenblicklich verklungen war. Er hatte eine eigentümlich tonlose und dumpfe Stimme, so als habe er zuvor eine ganze Zeitlang auf dem bloßen Boden gelegen, und er sagte: »Ich kenne dich schon lange. Du hast mir damals bei meinem Unfall in den Rocky Mountains Erste Hilfe geleistet, bist mit dem Eintreffen der Ambulanz gleich wieder verschwunden. Später habe ich dich noch einmal gesehen beim Schwimmen im

Schwarzen Meer, ganz weit draußen, wir saßen mit Freunden auf einer Yacht und glaubten, du seist ein Schiffbrüchiger, aber du hast uns nur ein Zeichen gegeben, wir sollten weitersegeln, du hattest genau so ein Tuch um den Kopf wie das jetzt. Du bist hier in der Regierung, im Hintergrund, ziehst die Fäden.«

Und als der am Lenkrad nicht antwortete, redete der ausgediente Dichter aus dem Hintergrund weiter, im nächsten Vor- oder schon Hauptalpentunnel, ein Deutsch mit einem fremdländischen Akzent, freilich wie vorsätzlich verstärkt, damit man besser die Ohren spitzte, und sagte: »Du und ich, wir sind im gleichen Alter, aber du erinnerst mich an meinen Vater. Du hast die gleiche Menschenfreundlichkeit wie er, und die gleiche Gedankenverlorenheit, aus der heraus er, von mir gestört, dann urplötzlich auf mich einschlug. Und wie er hast du mehrere andere Kinder und bist zu ihnen allen ein guter Vater. Und du bist einsam, und aus eigener Schuld, gottsjämmerlich (oder sagte er ›kotz-‹?) einsam. Ja, wie schnell man vereinsamt, im Zimmertüröffnen, im Fensterschließen, im Einbiegen auf einen Seitenweg.«

Der Lenker, der nichts sagen konnte, und das auch gar nicht gewollt hätte, drückte auf die Hupe. Aber auch der Ton kam eher schwach.

Klar war nur, daß sie alle drei frei waren und, für die nächsten Tage zumindest, Zeit hatten. Ein Feiertag stand bevor, das Fest Mariä Himmelfahrt, und damit ein langes Wochenende.

Das zählte jedoch nur für ihn. Die beiden Mitfahrer waren offensichtlich ohne jede Verpflichtung, und das bis an ihr fernes oder nahes Lebensende. Weder hatten sie eine Arbeit noch eine Familie, und nicht erst seit gestern. Dafür hatten sie Geld, oder taten so, spielten nicht nur mit einem Packen von Scheinen, sondern ließen auch beidseits ihre Kreditkarten glänzen. Besonders ehrlich verdient war, was sie da vorzeigten, sicher nicht. Aber das scherte niemanden, und überdies wirkte es, andererseits, nicht besonders schmutzig, kam nicht von Drogen, und ebensowenig von Zuhälterei – obwohl den zweien dieses letztere zuzutrauen war, zumal die Namen, die sie in den Mund nahmen, fast nur Frauennamen waren, ausländische. Sie hatten etwas von Desperados, wenngleich höflichen und für Momente übermanierlichen.

Das Ding, das der Dichter zum Trocknen ausgelegt hatte und an dem er immer wieder schnupperte, war nicht etwa sein Notizbuch, vielmehr ein Spiel von Pokerkarten. Der einstige Olympiasieger säbelte mit einem Schnappmesser an seinen Hosenfransen herum. Zugleich lutschten beide Pastillen, um bei ihrem Reden nichts von dem Erdkellerwein auszuatmen; hatten auch die beim Einsteigen wie mechanisch angezündeten Zigaretten gleich wieder ausgedrückt.

Als Desperados wirkten sie eher erst mit dem Unterwegssein, dem Zur-Gegend-Hinausfahren: Offene, faltige Münder, wie vor der Zeit zahnlos geworden; eine Aufregung, als seien sie irgendeiner sie lang genug schon unterdrükkenden Obrigkeit, oder auch der für sie treu sorgenden greisen Mutter oder Tante entwischt; ein Nicht-so-recht-Wissen-wohin, in solcher Richtungslosigkeit aber von einer todesverachtenden Energie; eine Art Idiotenfreude über noch und noch flüchtigste Momente und kleinste Kleinigkeiten, überhaupt an der Unterwegs-Gegenwart, wie sonst nur bei Mongoloiden; zugleich, als seien sie nicht bloß Gesetzlose, sondern stünden zudem über gleichwelchem Gesetz, könnten durch Wände und übers Wasser gehen, fliegen, sich unsichtbar machen und dabei sich jede so genannte Missetat erlauben – weil sie es waren.

Kurz hatte er die Vorstellung, es seien die beiden gewesen, die ihm im Wald hinterm Flugfeld über den Schädel geschlagen hatten, und er sei jetzt ihr Gefangener.

Ein kleiner Vogel flatterte dann unversehens im Autoinneren umher, ein Spatz. Der Dichter hatte ihn irgendwo gefunden, für tot gehalten und in seine Rocktasche gesteckt, aus der er nun entkommen war. Sie hielten am Straßenrand und öffneten jeder sein Fenster.

Das war nach Mitternacht, in einem Hochtal der inneren Alpen, nach der Überquerung einiger Pässe, und der Regen wurde hier begleitet von Blitz und Donner, Blitz und Donner. Der Sperling flog gleichwohl auf der Stelle hinaus, sein Pieps eher ein Gellen, ein Schrei; als sei er nicht erst seit heute so eingesperrt, wie lebendig begraben gewesen.
Hier wußte der Schifahrer in der Nähe ein Haus, wo sie übernachten könnten. Eine Frau wohnte dort, »ein Siegertyp fast wie früher ich, allerdings in einer anderen Sparte« – die er aber nicht nennen wollte. Er wurde freilich auch nicht danach gefragt, so als sei das Nicht-Fragen, seit dem Antritt der gemeinsamen Fahrt, eine der stillschweigenden Spielregeln.
Beim Wegesuchen dann – der Fahrer, obwohl noch nie da gewesen, fand trotz der Finsternis besser die Richtung als der Sportler, der angeb-

lich Ortskundige, bog an einer Vielsternkreuzung ganz selbstverständlich ab, wo es das einzig richtige war – wurde von dem Dichter hinten eine Art Plan für den folgenden Tag verkündet: »Erst einmal über die Grenze. Ich kenne dort ein Dorf, das morgen sein Jahresfest feiert. Außerdem lebt ein uneheliches Kind von mir da – ich habe nur uneheliche Kinder –, das ich noch nie gesehen habe. Es will mich auch nicht sehen, jedenfalls nicht mehr. Und dann möglichst weiter, die Alpensüdseite hinab, und hinauf zur nächsten Bergkette, viel weniger hoch, wo es aber auch jetzt im Sommer noch schneien kann und es oben in einem Wald, zwischen Blumen und Farnen, ein tiefes Loch gibt, einen senkrechten Erdschacht, der das ganze Jahr über ausgefüllt ist mit Eis, und woraus, wenn man ein Stück davon schmilzt – aber ihr werdet ja sehen, laßt euch überraschen.«

Das Haus der Frau lag gleich hinter einer Hügelkuppe, die für die Gegend eine Wasserscheide bildete. Das Wasser der Quellen diesseits floß zum Schwarzen Meer, das Wasser jenseits zum Mittelmeer (behauptete die Frau), und zwei solcher Quellen, jeweils links und rechts von der Scheide, waren auch zusammengefaßt zu einem Brunnen mit zwei Rohren und zwei Becken, aus denen das Wasser in seine verschiedenen Richtungen, nach Osten und nach Süden, floß.

Das Haus hatte sich in der Einöde, fern von einer Siedlung, nach der Überquerung der Kuppe in der allseitigen tiefsten Regennacht auf einmal als ein Lichterhaus gezeigt, ein zwar niedriges, aber langgestrecktes Gebäude aus Bruchstein, wo nicht nur die Leuchten beidseits des Portals an waren, sondern auch in allen Zimmern, in dem einen Flügel wie gedämpft, in dem andern wie in höchster Strahlkraft, jeder Winkel dort ausgeleuchtet, sogar die Decken oben sonnenhell angestrahlt. Bei den vielen Silhouetten, die dem ersten Anschein nach zwischen diesen einzelnen Räumen, wie durch weit offene Zwischentüren, hin und her flitzten und zickzackten, entstand der Eindruck von einem großen Tanz, wenn auch ohne Musik, überhaupt ohne jeden Ton, außer dem zweifachen Geräusch des Wasserscheidenbrunnens von draußen.

Dann stellte sich heraus, daß sie zu einem Trauerhaus gekommen waren. Der Mann da war gerade gestorben und am Vortag begraben worden, und seine Frau, »die Siegerin«, war am Ausräumen seines Wohnteils, unterstützt einzig von einem entfernten Nachbarn; die Schnelligkeit, mit der sie tätig waren, die vorbedachten gemeinsamen Handgriffe, das mehrfache Licht, das die Schatten vervielfachte: das alles hatte ein volles Haus vorgetäuscht.

Keiner, und nicht nur er, sprach vor dem Zu-Bett-Gehen noch ein Wort. Sie waren auch alle sehr müde. Die drei bekamen je ein Zimmer in einem Nebenhaus. Er hörte den Dichter und den Sportler im Korridor noch miteinander reden, mit sehr ruhigen, auch beruhigenden Stimmen, ähnlich wie im Freien die der beiden Wasserscheidenquellen, und schlief gleich ein, nicht anders als üblich. Es war im übrigen auch, im Unterschied zu seinem zur Hälfte unbenutzten zu Hause, ein Bett, wie er es gern hatte, schmal, in einer gar kleinen Kammer (auch das schön anders als bei sich im Haus).

In der tiefen und lautlosen Bergnacht – selbst das Geräusch des Wasserscheidenbrunnens schien sich entfernt zu haben hinter die Horizonte – erwachte er, oder wurde eher geweckt, von dem Licht, das in dem Zimmer anging, oder eher ansprang, alle Lichter zugleich.
Die Frau stand neben seinem Bett, hochaufgerichtet, in einem schweren Mantel, mit nassen Haaren, als sei sie schon länger unterwegs und nicht gerade aus dem Haupthaus herübergekommen. Sie ließ sich vor ihm auf die Knie. Zugleich wies ihr Gesicht in eine ganz andere Richtung, zum weitoffenen einzigen Kammerfenster hin. (War sie durch dieses hineingestiegen?) Und ihre Züge, nicht nur verglichen mit

ihrer Miene vorher am Abend, einer der stolzen, unnahbaren Trauer, überraschten mit einer, nicht nur an ihr, der sogenannten Siegerin, völlig ungewohnten Sanftmut. Oder war das in ihrem Blick nicht eher Entrückung? Oder gar Verklärung?

Er rührte sich nicht, wartete. Was würde die Frau tun? Denn, das war klar, sie würde tätig werden, und zwar gleich. Und im nächsten Moment warf sie sich auf ihn und hieb auf ihn ein. Sie schlug gewaltig auf ihn los, links und rechts, mit beiden Fäusten, und sie hatte große Hände und ballte sozusagen Männerfäuste. Dabei schaute sie weiter über ihn hinweg.

Er wehrte sich nicht, und es war, als täten die Schläge so weniger weh, und er bliebe überhaupt unversehrt. Und trotzdem verprügelte sie ihn mit solcher Wucht, daß er zuletzt aus seinem schmalen Bett fiel. Und da erst ließ sie von ihm ab, bedachte ihn zum ersten Mal mit einem kurzen Blick, löschte das Licht und verschwand, wie sie gekommen war, irgendwie.

Er stieg, oder eher fiel, zurück auf sein Bergnachtlager und schlief auf der Stelle wieder ein, gleichsam in einem Akt des Gehorsams. Dann ein Auflachen. Hatte er selber da gelacht, im Traum? »Wie lange schon habe ich nicht mehr gelacht!«, so sein Gedanke, an der Bewußtseinsgrenze, doch da desto klarer und auch einprägsamer. Und: »Nicht einmal in der Schulzeit habe ich so viele Schläge bekommen wie heute und gestern!«
Ein Geruch blieb im Raum, nicht etwa von einem Frauenparfum, eher von einem kleinen Zimmerbrand, am nächsten vielleicht dem Geruch von zwei lang aneinandergeriebenen Feuersteinen, kurz vor dem ersten Funkenwegstieben. Der Atem ging darin schneller und schwerer, und es war ein Atmen, das nicht von ihm allein zu kommen schien, sondern von mehreren, dichtgedrängt dort in der Kammer.

Es war am folgenden Morgen auch zum ersten Mal seit wie langer Zeit?, daß er nicht allein beim Frühstück saß. Der Dichter und der ehemalige olympische Held warteten schon drüben im Haupthaus auf ihn, an einer nicht nur für die entlegene Gebirgsgegend reich gedeckten Tafel, von der sich jedoch die beiden noch nicht bedient hatten, so als käme das Zeichen zum Anfangen allein ihm zu.

Im übrigen war es der Dichter – er ließ das seinen Sportlerfreund berichten –, der alles Nötige und Beiläufige, bis zum Kaffee aus den Hügeln von Jamaika, selber aufgestöbert, und zubereitet, und darüber hinaus in aller Frühe in dem umliegenden Bergwald die Schüssel da übervollgesammelt hatte mit den noch regenbetropften Blau-, Schwarz- oder Heidelbeeren. »Für unsere letzte Reise!« fügte er persönlich dann hinzu. Wen alles meinte er mit »uns«? Auch ihn, »unseren Fahrer«, wie die zwei ihn einmal nannten, oder, wie dann wieder, »unseren Gast«, oder »unseren Dritten«?

So oder so, schien es keinem der beiden bis jetzt aufgefallen zu sein, daß dieser die ganze Zeit nicht ein einziges Wort gesagt hatte. Oder das beschäftigte sie nicht, ebensowenig wie die

Tatsache, daß zu der Wunde auf seiner Stirn über Nacht im Gesicht, am Jochbein, an den Lippen, an den Wangen – diese aufgerissen wohl von dem Ehering der Witwe –, noch und noch andere dazugekommen waren. Sie schienen ausschließlich mit sich selber beschäftigt, mit ihrer beider dabei nun schon langjährigem Niedergang. Und zugleich gab ihnen das einen Aufschwung, wenigstens für die Augenblicke, da sie darüber redeten.

Der Dichter war in der verflossenen Nacht Ohrenzeuge seines aus dem Traumradio kommenden Nachrufs geworden. »Er wurde verlesen von einer Frau, einer sonst, wegen ihrer bei jedem Anlaß gleich herzlichen Stimme, weithin beliebten Rundfunksprecherin. In meinem Fall aber klang sie nicht nur gleichgültig, sondern schadenfroh und sogar rachsüchtig. Es war, als sei mit mir ein vielgehaßter Missetäter verschwunden, ein Feind der Menschheit zur Strecke gebracht. Was ich meinen Lebtag lang aufgeschrieben hatte, tat sie, und offenbar im Namen aller, und unwiderruflich, ab als Nichtigkeiten. Nichtigkeiten! – und gerade dieses Wort ist es dann gewesen, das mir die Dinge wieder ins Lot rückte. Zu Recht vergessen! sagte sie, und auf einmal sah ich mich ganz und gar nicht mehr allein, oder jedenfalls spürbar weniger verlassen als in den Träumen und Tagen zuvor. Eine Kette von Mißerfolgen und Niederlagen! sagte die Radiodame, und ich sah mich im Schlaf grinsen, von einem Ohr zum andern. Wartet nur, dachte ich, ich habe mein Buch noch gar nicht geschrieben. Und das wird ein Buch sein, wie es noch nie eines gegeben hat, als Buch nicht spürbar, nicht sich ins Bild schiebend, nicht dingfest zu machen, gewichtslos, und doch ein Buch – wenn je eines. Der Dornbusch dazu brennt schon. Oder es wird überhaupt spielen jenseits all der Dornbüsche, Himmelsleitern und Höllenfahrten.«

Er lachte über sein ganzes Gesicht – oder doch nur fast? –, und zählte dann sein Geld – sehr weit würde er damit allein nicht kommen –, während der ehemalige Nationalheld an seiner Seite, gleichfalls seine nicht gar reichlichen

Scheine, auch die Münzen sortierend – unter diesen ein vergoldetes Blechduplikat seiner längst verscherbelten Medaille –, erzählte, wie er nach dem Ende seiner Schisiege sich in so ziemlich sämtlichen Sportarten versucht habe, in der Meinung, keine Disziplin sei ihm versperrt, ja, was er anginge, müsse ihm Siege bringen.

»Das war, zumindest eine Zeitlang, dann auch so, freilich um den Preis, daß wenig und immer weniger auf dem Spiel stand oder für ein Siegen gefordert wurde. Ich gewann serienweise meine Motocrossrennen, aber die Gegner waren meistens Sonntagssportler, und meine Siegeskurse fuhr ich zuletzt hinter den hintersten Dörfern. Und in all meinen sonstigen Sportsversuchen konnte ich in der Folge bloß noch triumphieren, oder mir die Triumphe jedenfalls einbilden, indem ich ins Ausland ging, oder eher verschwand, und zwar weiter und weiter weg, bis ins ausländischste Ausland. Als ›ausländischer Spieler‹ hatte ich, wenn schon keinen Erfolg, doch einen Nimbus, wie, früher einmal in der Heimat, als ›großer Sieger‹. Und so war ich für eine Saison der Star in einer koreanischen Basketballmannschaft, wechselte im Jahr darauf, Spieler und Trainer in einer Person, in eine mittelgroße Stadt hinüber nach Neuseeland, um den europäischen Fußball dort einzubürgern – wofür ich auch eine Weile populär war –, brillierte danach bei Golfturnieren in der Mongolei und beim Eishockey in Fairbanks, Alaska. Doch am Ende blieb als der einzige Ausweg der zurück in die Heimat, in das sogenannte Berufsleben oder Geschäftsgründen. Nur war mir das Siegersein schon so in Fleisch und Blut, daß ich es auch hier, in dem ganz anderen Wettbewerb, für mich erwartete, und zwar mir nichts, dir nichts. Ich forderte es ein. Aus dem Weg, ihr sonstigen, ihr Fernerliefen. Für euch ist hier nichts zu wollen. Der Sieger, der muß ich sein. Ich bin der Sieger – wer sonst? Und so seit zehn Jahren ein Ruin nach dem andern, und einer jeweils ruinöser als der gerade zuvor. Und so ist das jetzt meine letzte Reise. Aber, wer weiß, vielleicht, mit

Hilfe unseres Herrn Fahrers, wird es meine erste? Ein fruchtbares Verirren? Auf in ein Ausland, wo ich endlich wieder etwas gewinnen kann!«

Auch er hatte dann über das ganze Gesicht gelacht und dazu noch die Arme emporgeworfen; doch auch ihm war das nicht recht gelungen; und die Zunge, die er dazu herausstreckte, erschien weiß wie von einer nicht allein körperlichen Erschöpfung.

Es regnete weiter, und der Regen schien sich mit jedem Augenblick noch zu verstärken oder zu ballen. Aus den beiden Rohren des Wasserscheidenbrunnens schoß, strahlte und spie es nur so, hier zu dem einen Meer hin, dort zu dem antipodischen, und die zahlreichen Lärchen in dem Bergwald, das feine Nadelwerk, im Gegensatz zu dem dichteren der Fichten, längst ohne Widerborst gegen das herabstürzende Naß, standen da wie in Wasserspielen.

Von der Frau im Haus nirgends eine Spur. Oder war der Kachelofen, jetzt mitten im Sommer, von ihr eingeheizt? Und der eben »Fahrer«

Genannte spürte dann, während er die zwei andern unter einem im Hofportal gleichsam bereitgestellten Riesenschirm zum Auto brachte, in seiner Jackentasche etwas knistern, bei dem er unwillkürlich »eingenähter Brief« dachte.

Am Lenkrad, schon auf der Weiterfahrt, die Überlegung, was es denn bloß war, das ihm den ganzen Morgen fehlte: Sein Haus? Die gewohnte Umgebung? Der Weg zur Arbeit? Nein. Es war etwas, das er unterlassen, versäumt hatte. Ein bestimmtes, notwendiges Medikament nicht eingenommen? Nein, auch das war es nicht – es hatte mit einer Nahrung zu tun, es fehlte ihm, ohne daß er sich dabei jetzt ausdrücklich schwach fühlte, eine Stärkung. Aber sie hatten doch ausgiebig gefrühstückt, und nur, wie man so sagte, Gesundes und Kräftigendes?
Und dennoch bestand ein Mangel, oder eher jene Leere, wie sie in der Mundhöhle kitzelt, wenn man sich zum Beispiel einen Apfel oder

ein Stück Brot bereitgelegt hat und dann nicht zum Essen gekommen ist – nur daß die Mangelempfindung jetzt statt der Mundhöhle zum Ort was hatte? den ganzen Körper? – den ganzen Menschen. Das Buch! Ja, er hatte an diesem Morgen nicht im Buch, nicht in dem mittelalterlichen Epos gelesen, und so fehlte ihm etwas wie das »Morgenbrot«. Ein lesehungriger Apotheker, gab es das? (Und das war das letzte Mal, jedenfalls für die Zeit, da seine Geschichte spielt, daß er von sich als dem »Apotheker« dachte.)

Der Dichter, auf dem Nebensitz, las gerade laut aus einer Zeitung sein Tageshoroskop, wonach er heute die Empfindung einer »unheilbaren Einsamkeit« erleben würde; er brauche jedoch nicht zu verzweifeln, wenn er sich offenhielte für die Möglichkeiten, die ihm vor Augen lägen – solche Geisteshaltung könnte »das Heilmittel« sein. Nein, nicht dieses Lesen war es, das dem Organismus so abgegangen war – und außerdem machte der Sportsveteran auf dem Rücksitz den Dichter nun darauf aufmerksam, daß die Zeitung vom letzten Jahr stammte.

Dafür kam es dem Fahrer augenblicks vor, was er da gerade erlebe und was mit ihm und mit ihnen seit dem Vorabend geschehe, werde zugleich mitgeschrieben und sei auch zu lesen, weder in einer Zeitung noch einem Buch. Hatte er so eine Vorstellung nicht schon dann und wann gehabt? Ja, in gewissen Stunden der Liebe, des großen Glücks wie des großen Unglücks, mit seiner Frau – war das überhaupt noch wahr? –, mit seinen Kindern – war das überhaupt noch wahr? –, mit seiner Geliebten – lang, lang schon her, oder gar nie gewesen? Und jenes Mitschriftbild hatte sich auch jeweils nur in der tiefsten Nacht eingestellt, in der vollkommenen Lautlosigkeit, bei wie ausgesetztem Atem. Und jetzt gab sich ihm diese, seine gegenwärtige, Geschichte zu lesen am hellichten Tag, beim Regentrommeln aufs Wagendach, beim Husten, Sich-Kratzen, Gähnen der Beifahrer.

Er trat, gegen seine Art, aufs Gas, und das auf dem kurvigen Gebirgsweg, noch fern von einer asphaltierten Straße, zog von sich aus eine schnelle Zusatzkurve, und vermied auf diese Weise, ohne besondere Absicht, den Steinblock, der da unversehens mitten auf die Strekke stürzte.
Er allein erblickte dann für einen Moment die Gastgeberin der letzten Nacht oben auf einem Felssporn, schon vom Tatort abgekehrt. Die zwei anderen hatten bloß auf der Stelle all ihr Sich-Kratzen und Gähnen unterbrochen – gähnten und juckten sich in der Folge freilich umso mehr.
Und nicht erst da war es, daß ihm aufging, er bewege sich seit einer bestimmten Zeit, so wie gerade und auch auf ganz andere, nicht vorhersehbare Weise, in Lebensgefahr, und zwar einer akuten.
Hier war es jedoch, daß er beschloß – anders als die vorigen paar Male, da er in derartiges hineingeraten war –, die Augen und die Nüstern dabei Sekunde für Sekunde so

weit und lang wie möglich offenzuhalten und gleichsam mit dem Überlebenskampf zugleich auch der Zeuge, stetiger, Phase um Phase, dessen zu werden, was ihn bedrohte, ihm auf den Leib oder in die Seele rückte – nein, mehr noch, darüber hinaus: die Sinne offenzuhalten, während dieses Tödliche nah und immerzu nah war, für alles andere; mit den Haupt- und Begleiterscheinungen sich auch das Nebenbei, Unzugehörige, nicht ins Geschehen Einbezogene, sozusagen ganz woanders Spielende – einzuprägen? sich eher, mit allen Sinnen, einzuverleiben, vielleicht auch (doch das war nicht der Grund) als einen Ausweg.

Die paarmal vorher, da »es eng geworden« war – verstiegen in den Bergen, verstrickt im wie unentwirrbaren Dornenmaquis –, hatte er jeweils nur instinktiv, fuß- und fingerfertig, zugleich doch blindlings und vom Pulsgehämmer taub in den Ohren, wieder herausgefunden, wie einer in Ertrinkensnot, der zwar nicht sinnlos strampelt, sondern zielstrebig auf das Land zuschwimmt, dabei aber wahrnimmt: nichts, und noch einmal nichts.

Das erste Mal war das so gewesen damals in der Kindheit, bei der Morgengrauenflucht am Kriegsende mit den Eltern über die verminte Grenze: Nicht einmal jetzt lang im nachhinein kam ihm ein Bild davon, es sei denn eben des Morgengrauens, eines kalten, ohne einen Lufthauch und überhaupt ohne Atmosphäre, Morgengrauens, das nicht wich und endete; wohl hatte es Verfolger gegeben, »auf den Fersen«, aber er hatte sie nicht gesehen, sah sie nicht.

Jetzt aber machte er im Moment des Steinausweichens die Augen auf und sah, nicht nur aus den Winkeln, neben der Frau dort oben, als ein Zusammenspiel von Regensprühen und einem schwachen Sonnendurchbruch, etwas wie deren Schemen oder Zweitgestalt, und zu ihren Häupten den Wolkenhimmel. Er, und mit ihm sie alle da, befanden sich weniger in einer Enge als im Geschehen; in einer Sphäre. Ja, es war eine, wenn auch eine seltsame. Und wäre die Frau nicht abgekehrt gewesen, hätte er ihr auf der Stelle ein Zeichen gegeben, irgendeins.

Zur Zeit, da diese Geschichte spielt, gingen selbst die Einmündungen solch eines entlegenen Weges, auf dem sie sich befanden, in eine noch so abseitige kleine Landstraße im Kreisverkehr vor sich, und zwar auf dem ganzen Kontinent.
Und dieses Kreisen setzte sich auf den Überlandstraßen dann fort, hier noch weit häufiger, weil es entsprechend viele Zufahrten gab. Kaum an ein bißchen Geradeaus gewohnt, mit der Vorstellung, sich endlich auf ein Ziel zuzubewegen oder wenigstens frei unterwegs zu sein, hatte man schon wieder einen Kreisel hinter sich zu bringen, und gleich wieder einen, undsoweiter.
Und am Ende solch einer Reise, selbst einer tagelangen, konnte es sein, daß man weder ein Gefühl für die Richtung mehr hatte, in die während der ganzen Zeit die Fahrt gegangen war, noch überhaupt ein Gefühl von einer Reise.

Eher stellte sich da vielleicht ein Schwindel ein wie von einer überlangen Karussellpartie, die zudem, so der Anschein sogar bei der Ankunft im ganz anderen Land, fast an derselben Stelle endet, an der sie losging.

Nicht bloß schwindlig konnte man bei einer solchen Ankunft an einem vermeintlichen Fernziel werden, sondern jedes Reisens oder auch bloß Wegfahrens überdrüssig, reisekrank – was noch ärger war als seekrank –, mit einem Ekel vor jeder Art Fortbewegung.

Es kam dazu, daß zu der Zeit, da diese Geschichte spielt, mit dem Auto kaum mehr wo Paßhöhen zu überwinden waren. Die meisten Pässe in Europa waren sozusagen außer Dienst oder Betrieb, und in der Regel auch, durch nicht weggeräumte Felsstürze, Auswaschungen und dergleichen, gar nicht mehr benutzbar. Statt hoch auf den Pässen durchquerte man den Kontinent beinah ausschließlich unten in Tunnels, inzwischen streckenweise genau so vielen wie woanders die Verkehrskreisel. Obwohl sich die Staatsgrenzen vermehrt hatten –

es gab so viele wie noch nie –, blieben diese, sehr oft mitten in wieder so einem Tunnel, unbemerkt, zumal auch alle Grenzkontrollen abgeschafft waren, nirgends mehr ein Grenzer sich zeigte.
Solche Untertunnelung des Erdteils trug dazu bei, daß jedes langandauernde Unterwegssein zuletzt auch etwas von einer Geisterbahnfahrt hatte, bei der der Ausstieg gleich neben dem Einstieg zu liegen schien. Aufgebrochen ins große, abenteuerliche Ausland, fand man sich am Ende wie vor der eigenen Haustür, sogar dem gleichen Türklopfer und einem ähnlichen Monogramm auf dem Fußabstreifer, oder zumindest in der mit der altgewohnt einheimischen fast identischen Straße, ob in der Stadt, Vorstadt oder auf dem Land: zum Tunnel hinaus und daheim – wohin man vielleicht nie mehr zurück hatte wollen.

Ihnen dreien erging es an diesem Tag anders. Zwar stoppten und kurvten sie in tausend Verkehrskreiseln, rond-points, rotondas, turnabouts, und rollten, immer wieder im Stau mit den Millionen der anderen Feiertagsautos, durch ungefähr fünfhundert kurze und längere Tunnels. Aber ihre Stimmung und mehr noch ihr Zustand, innerer wie äußerer, waren stärker als alle diese Gegebenheiten.

Die Stimmungen waren bei einem jeden von ihnen verschieden: Bei dem Dichter vordringlich Aufregung, unter anderm, weil er sein ihm fast unbekanntes Kind sehen würde – »weniger aufgeregt bin ich wegen der Mutter«; bei dem früheren Olympiastar vielleicht die Neugier, ob er dort in jenem Ausland – neuerdings eine »Schination« (aber auch »Fußball-« und »Sprinter-Nation«) – noch etwas galt; bei dem Chauffeur eine eigentümliche, von ihm nur in seiner, wie ihm vorkam, überkurzen Jugend erfahrene Sehnsucht, zusammen mit einer ihm ganz ungewohnten Traurigkeit.

Gemeinsam dafür ihr Zustand, oder ihr Bewußtsein: Eines unbestimmt gefährlichen Abenteuers, bei dem viel, ja, alles auf dem Spiel stand, eines zudem an der Grenze zum Erlaubten, zum Ungesetzlichen, sogar zum Verbrecherischen. Gegen das Gesetz? Gegen den Lauf der Welt? Und keiner von ihnen hätte sagen können, woher solch gemeinsames Bewußtsein denn rührte. Was sie da jedenfalls taten oder insbesondere noch tun würden, stand unter einer Strafdrohung, einer, bei der es keine Nachsicht gäbe. Aber ein Zurück kam für sie nicht mehr in Frage.

Und so erlebten sie das Unterwegssein trotz allem wirklich noch einmal als etwas Neues und Unerhörtes.

Er fuhr ziemlich langsam. Noch nie war er im übrigen mit der Geschwindigkeit zurechtgekommen; hatte es bis jetzt noch keinmal geschafft, auf den Geschwindigkeitszug aufzuspringen.

Die wenigen Male, die er in einem Flugzeug gesessen hatte, glaubte er, an der Geschwindigkeit, vor allem beim Start, wenn sie besonders spürbar wurde, zugrunde zu gehen. Schon nach der ersten Erfahrung hatte er jeden Fensterplatz vermieden – obwohl ihm das dann wenig half: Die Schnelligkeit wirkte nicht nur auf seine Augen ein, sondern auf den ganzen Körper. Sie würde ihn, jetzt und jetzt, vernichten.

Und so war es ihm schon ganz früh zugestoßen, längst vor seinem Ersttagsflug. Ab einer bestimmten Geschwindigkeit vergingen ihm mehr als bloß Hören und Sehen. Sogar auf dem Rad verlor er dann von einem Moment zum andern jede Körperbeherrschung, und ein Sturz war unvermeidlich. Er hatte einige Gehirnerschütterungen gebraucht, bis er merkte, daß diese Unfälle aus dem heiteren Himmel nicht vom jeweiligen Rad, dem Weg oder seinem Ungeschick kamen. Wie andere klaustrophobisch waren, eine Platz- oder Höhenangst hatten, so hatte er sozusagen mit einer Tachophobie oder Geschwindigkeitsangst zu kämpfen, eher einer jäh ausbrechenden Panik, die ihn ab einem bestimmten, nein, unbestimmbaren Skalenstrich augenblicks aus dem Gleichgewicht warf.

Sein einziger Autounfall war ihm auch auf diese Weise zugestoßen, daß er, in ein Gespräch mit jemandem neben sich verwickelt, jene allein für ihn geltende Geschwindigkeitsbegrenzung überschritten hatte, unmerklich, kaum – und doch wurde er urplötzlich unfähig, das Lenkrad zu halten, und schon war es geschehen. (Gut hier immerhin, daß er weiter mit Stummheit geschlagen war und statt zu reden nur still nachdachte oder den andern im Auto zuhörte, etwas, was ihn kaum je dazu gebracht hatte, zu beschleunigen.)

»Sogar als Zuschauer, als Außenstehender«, so erzählte er mir, »konnte ich manchen Geschwindigkeiten zum Opfer fallen. Diese mußten dann allerdings doch besondere sein, so wie das eine Mal bei dem Formel-Eins-Rennen, bei dem ich in der freien Natur zugeschaut habe und nicht im Fernsehen, auf Betreiben meiner Frau, die immer schon vernarrt in die Geschwindigkeit gewesen ist und dabei oder darin aufblühte wie sonst nirgends, auch ihre ganze Schönheit zeigte, eine wunder- und, was mich betrifft, manchmal zum Fürchten schöne Hexe der Geschwindigkeit, oder das andere Mal beim Hahnenkammrennen, der berühmtesten Schiabfahrt jedes Winters, und auch da ihr zuliebe nach Kitzbühel gefahren, zur Betrachtung der Champions einmal in Lebensgröße. Und während sie dann, als die Rennwagen, ich weiß nicht mehr, ob in der Eifel oder in Estoril, auf der Vulkanhügelkuppe oder der Atlantikklippe erschienen, aufgejauchzt hat, bin ich von dem Anblick buchstäblich zurückgetaumelt und habe mich an ihr festhalten müssen, so unvorstellbar schnell, unvergleichlich geschwinder als je in einem Fernsehen, rasten diese Piloten daher, unnatürlich schnell? nein, überirdisch schnell. Wo sie in dem einen Moment waren, waren sie im nächsten bereits wie nie gewesen. Und von meiner Frau und mir ist da ein gemeinsamer Schrei gekommen, bei ihr des Entzückens, bei mir aber des Erschrekkens, gleichsam eines Urerschreckens.«

Und bei den Schirennen damals an der Kitzbüheler Streif traf es ihn entsprechend: So wie der

erste Läufer hineinschoß dort oben, aus einer Waldstelle heraus, in den langen steilen Zielhang, mit seiner außerplanetarischen oder jedenfalls nichtmenschlichen Schnelligkeit, versetzte ihm dieser Anblick – obwohl er ihn zugleich, das im Unterschied zu den Boliden, so begeisternd fand wie die Frau neben ihm – wieder den Schlag auf den Schädel; nur daß diesmal kein Schrei kam, er dafür längere Zeit kein Wort mehr herausbrachte. »Da also schon?« sagte ich. – »Ja, und da nicht zum ersten Mal.«
Und der einstige Schiheld hinten im Auto jetzt – war er nicht damals auf dem Hahnenkamm der Sieger gewesen? – sagte nun, mehr zu sich selber, aber auch so, als habe er die Gedanken des Fahrers gelesen und antworte ihm: »Es ist notwendig, sich auf die Geschwindigkeit einzulassen. Wer das nicht schafft, wird lebensunfähig, und das gilt nicht nur für heute. Ich glaube, ich habe meine Windeln erst abgetan und bin mein eigener Mensch erst geworden mit dem Augenblick, da ich mich zu den Ge-

schwindigkeiten entschloß, oder mich ihnen entschlossen überließ, den höchstmöglichen Geschwindigkeiten. Sie haben mich geheilt, von meinem Ach, Ich!- und Schon-wieder-nur-Ich!-Sein, ohne daß ich davon doch weniger ich selber wurde. In den Geschwindigkeiten war ich zu Hause. Daß ich heute vielleicht am Ende bin, kommt wohl auch daher, daß ich nicht mehr so geschwind bin.« (Kurzes Auflachen.)

Ja, auch den beiden andern schien es recht, daß er eher gemächlich fuhr. Sie hatten Zeit. Zumindest war das der Satz, der immer wieder fiel, wie zur Beschwörung. »Wir haben Zeit«, sagte der Dichter während noch so eines Transeuropatunnelstaus: »Das Dorffest, zu dem wir unterwegs sind, soll mehrere Tage dauern, und außerdem soll es auch ein Nachtfest sein.«
Sie hatten Zeit und kehrten nicht selten in eine der alleuropäischen Straßenrandgaststätten ein, wo sie freilich, was sie auch verzehrten, jeweils nur im Stehen zu sich nahmen. Sie hatten Zeit und bogen bei einem Rundverkehr ab

in einen Feldweg, stiegen dort aus und ließen sich – der Fahrer blieb sitzen – ein wenig anregnen. Sie durchstreiften nicht wenige Tankstellenläden, kauften Kleinigkeiten und zeigten dem Fahrer, der sie begleitete, wie viele Sprachen sie beherrschten.
Es regnete weiter. Das Licht brach. Einmal überholte sie ein Auto mit solcher Schnelligkeit, daß der Fahrer beinahe das Lenkrad verriß. War da in dem Santana nicht die Frau der letzten Nacht vorbeigerast? Es fiel ihm auf, daß er sie, auch während der Schläge, bis jetzt noch nie von vorn gesehen hatte, höchstens im Profil, zum Beispiel, als sie bei der Ankunft der drei in ihrem Haustor gestanden hatte, eben als unansprechbar trauernde Witwe.

Der letzte Tunnel war ungewöhnlich lang. Trotzdem war die andere Seite, wo sie endlich ankommen sollten, schon von ganz weitem zu sehen, zunächst so klein, als blicke man durch ein engstmöglich zusammengerolltes Papier oder durch das winzige Astloch einer Scheune oder sogar durch den nur punktgroßen Kreis in der eigenen Faust.

Er fuhr noch langsamer. Die Tunnelstraße war so gerade, daß er fast nicht auf das Lenken zu achten brauchte. Auf diese Weise blieb das Ende des Tunnels ganz gleichmäßig im Bild, sich kaum merklich vergrößernd. Es hatte einige Zeit tatsächlich etwas von einem Bild, dermaßen unräumlich wirkte, was sich dort an dem Lichtloch im großen Schwarz zeigte (der Tunnel war nicht beleuchtet, und er hatte auch die Scheinwerfer nicht eingeschaltet, hatte angesichts des fernen hellen Flecks völlig darauf vergessen, und das schien niemanden sonst im Auto zu stören, sie hatten sämtlich nur ein Auge für eins).

Daß es dort hinten hinaus ins Freie ging, war das nicht vielleicht sogar nur eine Täuschung? So starr erschien das Bild des Ausgangs, auch so künstlich, mitsamt dem gar nicht dämmrigen, vielmehr sonnenhellen Licht, daß es in ihren Augen, und das bis kurz vor dem Durchsein, ein Teil des Stollens war. Ein Miniatur-

Dia, grellfarben, überbelichtet, stand da vor ihnen auf eine sonst vollständig finstere Fläche projiziert, etwas wie ein Blattgrünflimmern und ein Felsflankenrotgelb.

Und für einen sehr langen Augenblick gab das dann den Eindruck, sie führen überhaupt nicht mehr, kämen nicht mehr von der Stelle, ja, seien sogar aus dem Raum geraten, würden höchstens noch zum Schein ein bißchen gerüttelt, und gleich käme das Aus – welches Aus? – das Aus.

Und seltsamerweise verstärkte sich der Eindruck oder die Halluzination noch mit dem schließlich doch mählichen Sich-Vergrößern des Tunnelausgangsbilds. Größer und immer größer bewegte sich die kunterbunte Fläche auf sie zu, in der selbst aber rein gar keine Bewegung erschien. Schon zeichneten sich da Büsche und endlich auch Gräser ab, wie überdeutlich ausgeleuchtet, lebensechter als lebensecht, und dazu noch wie in Überlebensgröße. Bloß blieben alle diese Einzelheiten starr. Wo war man? War man überhaupt noch wo? Warum fuhr niemand sonst in dem Tunnel, kam ihnen auch kein einziges Auto entgegen?

Und das Loch nahm nun beinah schon die ganze Bildfläche ein, genauso starrendbunt wie am Anfang. »Böse Passage«, erinnerte er sich, war einst in den Epen eine Bezeichnung für einen Kampf mit fast sicherem Tod. Und zugleich war das jetzt großartig. Zu seiner Überraschung fand er, wie schon am Morgen, wieder nichts dabei, zu beschleunigen. Hinein!

Und jetzt erst, einige Radumdrehungen gleichsam vor dem Verschlucktwerden, rückten die brandgelben Felsbilder auseinander in den Raum und gerieten die Gräser- und Laubflächen nach allen Himmelsrichtungen hin in Bewegung, wie aus einem Bann gelassen, der vielleicht gar nicht so böse gewesen war? Denn umso freier bewegten sich jetzt, im Moment des Austritts aus dem Tunnel, die Bäume, und in die Weite, bis in die dicksten Stämme hinein, geradezu frenetisch, und wie räumlich wirkten die Felshänge draußen beidseits der auf einmal selber räumlichen Straße, ja, wie viel Raum gaben sie den Neuankömmlingen.

Einer von denen klatschte sogar in die Hände, ähnlich wie bei einer Landung nach einem Überseeflug an einem ungeahnt schönen und vor allem vielverheißenden Ort. Ein neuer Tag hatte mit dem Verlassen des Tunnels begonnen, oder konnte beginnen, auch dank dieses Tunnels hier. Seltsames Abenteuer. Ein heutiges?

Jedenfalls waren sie mit diesem Augenblick auf das Fest, dem sie sich nun näherten, eingestellt. Sie freuten sich darauf. Auch er, der Fahrer, der Fremde, der von den beiden andern gar nicht gefragte Dritte?

»Ja, auch ich bekam da plötzlich, und seit langem zum ersten Mal, wieder eine Festlust«, erzählte er mir. »Und bei jenem Zum Loch-hinaus-Fahren war es auch das erste Mal auf der Reise, daß ich von dem Dichter, dem Olympiasieger und mir da dachte: Wir. Wir freuten uns auf das Kommende. Sehr oft habe ich so ein Wir dann freilich nicht mehr denken können.«

Was die äußeren Umstände betraf, war der neue Tag nach noch ein paar Radumdrehungen und vielleicht einem einzigen Augenblinzeln schon wieder vorbei. Nur durch den Tunnelausschnitt war das, was danach kam, wie in einer besonderen Brennschärfe tag- und sogar sonnenhell erschienen.

In Wirklichkeit dämmerte es. Allerdings regnete es hier nicht und hatte auch nicht geregnet. Der Himmel war ohne Wolken, hoch. Eigenartig, daß er dabei schon herbstlich wirkte, ja, nah am Winter. Weil die Landschaft insgesamt höher lag, eine Hochfläche war?

In der Tat fuhren dann erstaunlich viele Laster und Traktoren vollbeladen mit Brennholz, und auch den vereinzelten Häusern an der Landstraße reichten die Scheiter bis an die Fenster, umrahmten diese, gingen hinauf bis unters Dach. Und was machten all diese Arbeitsfahrzeuge überhaupt auf den Straßen? War denn heute nicht ein Feiertag, und in der hiesigen Gegend sogar ein besonderer, der größte des Jahres?

Der Dichter wußte den Weg nicht, und das war nicht zum ersten Mal auf der Reise; er sei noch nie mit dem Auto in das Dorf gekommen. Überdies war ihm der Name der Ortschaft entfallen. Alles, was er wußte: Es war ein klangvoller, berühmter, freilich nur der Name, nicht der Ort. Der hieß bloß nach einer bestimmten, weltberühmten Stadt, war nach dieser getauft worden. Oder hatte man nicht umgekehrt die fragliche Stadt vorzeiten nach ihm hier benannt, und sein Name war vielleicht der ursprüngliche? Oder gab es nicht, unabhängig voneinander, auf der ganzen Welt unzählige solcher gleichnamiger Ansiedlungen, so geheißen wegen ihrer besonderen Lage in der Landschaft, wegen des gemeinsamen Schutzpatrons, oder einfach wegen des Klangs, und eine davon war dann diejenige welche, die in aller Munde geworden.

»Wie nennt sich der Wohnort meines Kindes bloß? Belo Horizonte? Alexandria? Lodi? Bethlehem? San Sebastian? Santiago? Fort Apache? Es könnte sogar etwas wie Manila oder Danzig sein!«

Und obwohl er dem Sportler, der doch schon überall in der Welt gewesen war, die Ortschaft beschrieb bis ins kleinste – vor allem bis in das, und da schien der Dichter in seinem Element zu sein –, konnte auch er ihm nicht helfen. Durch das weite, eher gleichförmige Felsland wirkten alle dessen Siedlungen, zumindest für einen, der, wie der Sportler, dort jeweils nur einmal aufgetreten war, einander ähnlich, und jetzt im Abendwerden noch um einen Grad ähnlicher, und außerdem hatte der Wettbewerbskämpfer zu seiner Zeit kaum das von dem Dichter so seltsam aufgeregt erzählte Kleine im Auge gehabt.

Und noch etwas: Viele, ja, nahezu ein jedes der Ortsschilder, an denen sie vorbeifuhren, zeigte, bald schon beleuchtet, den Namen eines sonst weithin bekannten, in der Regel auch großen Orts, oder immerhin eine nahe Verwandtschaft mit dem berühmten Namen, konnte zunächst damit verwechselt werden. Nur kam nach solchen Verheißungstafeln an Einlösungen keinmal etwas, so jedenfalls dem kurzen Anschein nach (aber für einen längeren war von dem jeweiligen Ort dann ohnedies schon nichts mehr übrig), und der Dichter schüttelte nur jeweils wieder schuldbewußt den Kopf.

So durchquerten sie St. Quentin, Löwen, Santo Domingo, Venedig, Ragusa, Pireos (so!), Jeruzalem (so!), Rangun, Fährbank, die Streusiedlungen oder Weiler Rosental, Troja, Jericho, Pompey, Heiliggrab/San Sepulcro, Monterrey/Königsberg – zweisprachige Ortsschilder –, Leiden, Bethel, Dallas, Lustenau, Liebenau, Valparaíso, Boston, und kamen einmal sogar an einem Wegweiser mit »Taxham« vorbei (also gab es in der Welt mindestens zwei davon!).

Der Fahrer vorn zögerte längst bei keinem der Namen mehr, wandte sich auch nicht mehr fragend zu dem Dichter, ließ mit der Zeit alle die

Orte entschlossen links oder rechts liegen, fuhr zunehmend zügig, so als wüßte er genau, wohin.

Und wirklich hatte er bei jenem einen und einzigen Halt vor »St. Quentin«, von niemandem bemerkt, den in seinen Anzug eingenähten Brief herausgelöst, geöffnet und einen schnellen Blick darauf getan; ohne ihn vorderhand zu lesen. Es gab dazu auch eine Skizze, darin groß ihr Zielort verzeichnet, mitsamt dem Namen; und deutliche Abbiegungspfeile zeigten dahin.
Zum Lachen oder auch nicht: Das Dorf, oder was es war, hieß »Santa Fe«, eins von vielleicht tausend auf allen Kontinenten (sicher gab es sogar in Australien eins, oder in Asien, auf Goa oder bei Macao?).
Natürlich hätten sie auch versuchen können, sich zu orientieren nach etwaigen Festklängen oder nach einem entsprechenden Lichtersprühen in der als ganze so übersichtlich wirkenden und, wenn man anhielt und horchte, selbst weit entfernte, auch kleine Töne dahertragenden

Fels- und Steppenlandschaft: Doch, die Brennholzfahrzeuge einmal in den Feierabend verschwunden, hatte sich bald herausgestellt, daß es in der Gegend kaum eine Ortschaft gab, die an diesem Tag nicht ihr eigenes, spezielles Fest im Gang hatte; selbst an einer Straßenkreuzung mit zwei bis drei Häusern war daneben ein Zelt aufgebaut und stellte diese Flachbauten völlig in den Schatten, so gleißte es da heraus, rauchte, dampfte und stampfte.

»Und es muß gesagt werden«, erzählte mir der »Fahrer«, »daß wir anfangs hier und dort nicht nur hielten zum Auskundschaften, vielmehr eher zum Mittun, Mittanzen, Mitsingen, Mitspielen – wenigstens was den Sportsmann und den Dichtermenschen betraf. Bemerkenswert die Unternehmungslust dieser beiden angeblich so verlorenen Gestalten: Wie der eine mir nichts, dir nichts als Tänzer einsprang und dabei doch von niemandem scheel oder als Eindringling oder Fremder angesehen wurde. Wie der andere sich selbstverständlichst in eine Prozession einreihte und sogar die Baldachinstange mit angriff, unter der die Muttergottesstatue umhergetragen wurde. Wie der eine, kaum aus dem Auto, schon bei einem im Gang befindlichen Pfeilspiel mitschoß und eine Flasche Wein gewann. Wie der andere ebenso auf einem gerade freien Instrument mitspielte, beklatscht dann sogar von dem nach seiner Pause zurückgekehrten richtigen Musikanten. Und das Eigentümliche war, daß der eine jeweils auch hätte der andere sein können. Am meisten hat mich das bei dem Dichter gewundert. Andrerseits hatte ich zwischendurch längst vergessen, daß ich es überhaupt mit einem solchen zu tun hatte. Und mir schien dann, daß der einzige von uns, den es drängte, an das Ziel zu kommen, ich gewesen bin.«

Der Dichter erkannte jenes »Santa Fe« zunächst nicht wieder, trotz des steilen Felsrükkens, auf dem es liegt, herausgewaschen von zwei da an dessen Fuß ineinandermündenden Flüssen, und so doch herausgehoben unter den übrigen Häuseransammlungen des Landstrichs. Erst als im Scheinwerferlicht, noch unten, an einer verfallenen, durchstrüppten Bahnstation, ein ovales Emailschild aufglänzte mit der Angabe der örtlichen Meereshöhe – immerhin beinahe tausend Meter »über dem Mittelmeer« –, rief er aus: »Hier ist es! Wir sind da«; verfiel dann aber in eine überraschende Stummheit, und das wohl nicht nur, weil er auch jetzt nicht die Richtung wußte zu seiner ehemaligen Liebhaberin samt Kind.

Überall in der Stadt – nein, es war kein Dorf –, in der Unter- wie in der Oberstadt, zeigten sich Festorte. In der Überland-Skizze stand sogar der Name der Straße oder Gasse, wo sie hinsollten. Der Fahrer zeigte sie, stumm, den Brief abgeknickt, dem Dichter; der sich nicht wunderte.
Keiner der gefragten Passanten konnte dazu Auskunft geben. Waren die selber fremd? Nein, aber zu der Zeit, da diese Geschichte spielt, waren auch die meisten Einheimischen und lange schon Ansässigen kaum mehr ortskun-

dig, kannten von ihrem Ort kaum etwas über die eigene kleine Umgebung hinaus. Anfangs war es, als seien alle die um Auskunft Angegangenen selber Reisende, und zwar aus demselben Land wie sie, die Frager. Das rührte daher, daß ihnen, sowie die Autofenster sich öffneten, von den da, meist in größeren Gruppen, im Freien Herumstehenden und lebhaft Feiernden etwas wie die vertraute deutsche Sprache, ja, die österreichische Mundart entgegenkam. Nein, es war doch das ganz andere Idiom, eben das von Santa Fe hier (bei dem die beiden Mitfahrer im Ansprechen der Straßenleute wetteiferten, um vorzuführen, wie sie es beherrschten) – so ähnlich klangen inzwischen, aus dem Abstand, sämtliche Sprachen?

Auch aus der Nähe spielte es sich brocken- und floskelweise international ab, und zwar oft so, daß die Sprecher die Rollen tauschten: Grüßten die Fremdlinge mit »Hola«, »Buenas noches«, »Adíos«, »Gracias«, so bekamen sie als Antwort »Hallo«, »Hi«, »Guten Tag«, »Tschüs«,

»Ciao«, »You were welcome«, »Servus«, »Auf Wiedersehn«. Dazu passend hatte das eine Lokal die Leuchtschrift »Mozart« (ein Spielautomatensalon), das andere »Tyrol« (eine Pension ohne Frühstücksmöglichkeit), das dritte »Mainz« (eine arabisch-andalusisch gekachelte Nachtbar). Und da blinkte es aus einer steilen, kaum schulterbreiten, sonst stockfinsteren Gasse, durch die man vielleicht einst zur örtlichen Inquisitionsstelle geschleift worden war, auch schon von »Gösser Bier« oder von »Hannen Alt«, mit den dazugehörigen Sprüchen, die gleichfalls rein in Deutsch.

Waren sie überhaupt von der Stadt Salzburg weggefahren? Angestrahlt samt seinem großmächtigen, nackten, senkrecht abfallenden Felsen von einem alleuropäischen scharfkalten Licht, hätte der alte Ortsteil hier ebensogut die Festung von dort darstellen können? – Nicht doch, sie waren ganz und gar da, in dem so gewissen wie einmaligen Santa Fe, weg von Salzburg, weg von Taxham, fern, in der Ferne, zu spüren schon an dem anderen Himmel, und

vor allem dem Nachtwind, der durch die inzwischen ständig offenen Wagenfenster kam.
»In der Ferne«: Wer setzte so etwas fest? Einmal, wie schon gesagt, sie selber, ihre Stimmung und ihr Zustand, ihre Lage, und dann die Geschichte, die Erzählung; die Tatsache, daß sie sich zusammen unterwegs in einer Geschichte wußten. Das Bewußtsein, eine Geschichte zu erleben, noch dazu eine gemeinsame, gab also ein Fernegefühl, auch wenn man sich gar nicht von zu Hause aufgemacht hätte?

»Geht es Ihnen auch manchmal so«, fragte mich der Apotheker von Taxham, lange danach, »daß Sie etwas lange vergeblich Gesuchtes auf einmal blind finden? Mir ist das an dem Ankunftsabend damals in Santa Fe geglückt. Plötzlich, nach einem ausführlichen Umherirren, die Stadt hinauf und hinunter, wußte ich, wo wir, angeblich, erwartet wurden. Ich wußte es nicht einmal, hätte es nicht ausdrücken können; bin nur von einem Moment zum andern darauf losgeprescht, ohne ein einziges Zögern, geführt von dem Mond, einem fremdartigen Sternbild oder schlicht von dem Nachtwind, den ich uns in die Gesichter habe wehen lassen. Und da ist mir ein anderer Name für dieses in meiner Geschichte wohl doch ein wenig mißverständliche, störende oder irrlichternde Santa Fe in den Sinn gekommen: die Nachtwindstadt. Und so möchte ich sie auch weiter hier nennen. Und so kamen wir in die gesuchte Straße und gleich schon vor das Haus.«

»Hier sind wir!« rief der Dichter aus, wieder ohne sich bei dem Fahrer über etwas zu wundern, und als sei er selber der Wegweiser gewesen: »Das ist der eine aus der Mauer gefallene Ziegel, und da ist immer noch der Einschlupf eines kleinen Vogels darin!« – Und der Sportler hinten sagte: »Ja, genau da ist sie, die Spatzennische im Mauerloch« – als sei er ein Experte für die Gegend und habe in der Straße hier sogar seine Kindheit verbracht.

Von der Straße, wie sie lag, und wohin sie führte, war in jener Nacht kaum etwas zu erkennen. Zwar wurde sie, für das hiesige Fest, zusätzlich angestrahlt, mit starken Lampen und Scheinwerfern meist aus den weitestmöglich offenen Häusern oder Garagen heraus, aber nur stellenweise, so daß es zwischendrin lange, umso schwärzere Strecken gab.

Man war da, wie jetzt auch vor dem fraglichen Haus, zunächst geblendet. Der Fahrer ahnte bloß am Ende der Straße eine noch längere Schwarzstrecke, eine, nach der überhaupt keine Lichter mehr kämen und wo die Straße gar nicht mehr weiterführte, sondern überging in was? Jedenfalls befanden sie sich hier nicht in der Oberstadt, das Umfeld wäre da nämlich tag- oder eher bühnenhell ausgeleuchtet gewesen.

Und obwohl er, an den Händen und auch überall sonst an sich, immer noch die Nach-Gerüche von zu Hause, vor dem Aufbruch, spürte und sie allesamt hätte unterscheiden, benennen und erzählen können – die aus den Zimmern, die aus dem Garten, die aus dem Flughafenwald, die aus dem Erdkellerwirtshaus, die aus dem Grenzfluß, haftengeblieben an ihm vom Schwimmen –, fuhr jetzt mit dem Nachtwind aus jener Dunkelheit dort am Straßenende ihm ein Geruchszug an der Nase vorbei, den er zunächst für Glück hielt. Und er staunte. »Aber die paar Male«, sagte er später, »die ich bei mir von einem Glücklichsein reden konnte, war das immer, als erhebe ich mich über mich. Und die Strafe folgte jeweils auf dem Fuß.«

Die Augen mit den Händen beschirmend, schauten die drei sich in dem Straßenfest um. Die gesuchte Haustür war als einzige in der Straße geschlossen. Der Anschein von den vielen Lichtern im Haus kam nur von dem Reflex derer draußen. Sonst glich es, langgestreckt, ebenerdig, hüttenniedrig, den andern und bildete, linker- wie rechterhand lückenlos in diese übergehend und ebenso weißgekalkt, eine Zeile mit ihnen. Rauch flog immerhin aus dem

Schornstein, von Holzfeuer. Vor der Tür fehlten die sonst üblichen Glasperlen- oder Metallschnüre, und es gab keine Klingel.

Dem Dichter schien es nicht zu eilen mit einem Anklopfen und Eintreten. Es war, als suchte er zunächst seinen Auftritt auf der Straße, mit den zwei anderen als seinem Gefolge. Aber obwohl er mehrere Jahre hier gelebt hatte und angeblich auch hierorts eine Berühmtheit gewesen war, erkannte ihn nun niemand mehr, oder man übersah ihn (selbst wenn er sich, wie jetzt, aufspielte, wirkte er nicht auffällig). Höchstens, daß einer einen kurzen Augenblick stutzte, jedoch dann nicht wußte, wohin mit ihm. Ebenso erkannte er selbst niemanden mehr. »Es sind wohl alle weggezogen«, sagte er. Einmal wollte er einen Nachbarn von früher grüßen, und das war dessen Sohn, dem er, sogar als er sich vorstellte und dazu Bezeichnendes von sich, dem Vater und überhaupt aus der Geschichte der Straße erzählte, fremd war, wie man jemandem nur fremd sein konnte.

»Es gibt keine Überlieferung mehr«, sagte er, und dann, als es ihm noch einmal passierte, daß eine vermeintliche frühere Nachbarin sogar schon deren Enkelin war: »In welcher Zeit bin ich eigentlich? Habe ich mich in der Zeit verirrt?«

Daß den ehemaligen Olympiahelden niemand auf der Feststraße erkannte, hatte dagegen einen einzigen und klaren Grund: Auch wäre jemandem ein früheres Bild von ihm geläufig gewesen, hätte er ein solches mit dem, das er jetzt bot, nie und nimmer zusammengebracht, so sehr hatte sich das Aussehen des Goldmedaillengewinners in dem Vierteljahrhundert geändert: kein einziger Zug in seinem Gesicht war gleichgeblieben, wie durch eine Operation ohne ausdrückliche Operation; und anders, oder umgeschlagen, war nicht bloß die Gesichts-, sondern auch die Augenfarbe – umso größer der Schreck, wenn ihn, der als Irgendwer gar nicht erschreckend wirkte, dann doch jemand erkannte: »Das sind aber bitte nicht Sie? Um Gotteswillen!« Diesen Ausruf hatte der Schistar jedenfalls in der Heimat schon ein paarmal zu Ohren bekommen. Hier freilich: keine Möglichkeit, oder auch keine Gefahr.

Der einzige von den dreien, der in der Menge angeredet wurde, und nicht nur einmal, war der, welcher zuhinterst ging, halb im Schatten der beiden anderen: deren Fahrer. »Du warst doch vor kurzem im Fernsehen, in einem Western!« – »Ich kenne dich: Du bist der Arzt, der das Mittel gegen Ich-weiß-nur-nicht-mehr-was gefunden hat.« – »Hi, was führt dich denn in unser gottverlassenes Land und in unsere Aus-der-Welt-Gegend und obendrein noch in diese Sackgasse aller Sackgassen?« Er seinerseits antwortete darauf keinmal, tat, als verstünde er die Sprache nicht, und konnte so weiter vertuschen, daß er mit der Stummheit geschlagen war; wobei ihm Dichter und Sportler halfen, indem sie auf die Verwechslungen eingingen und seine Leibgarde, Dolmetsche und überhaupt Sprecher spielten.

Die meisten in der langen, auf Schritt und Tritt in eine andere Festweise x) wechselnden Straße aber waren nicht nur mit sich allein beschäftigt, sondern auch sich selber die Stars. Eine beinah gewohnte Erscheinung war das bei den vielen Jugendlichen im Freien, und es hatte an ihnen, auch durch das gehäufte Auftreten, sogar etwas Aufheiterndes, mitunter Erfreuliches und dann Anheimelndes. »Weltheimat«, sagte der Dichter einmal angesichts einer sich den Weg freigehenden Jugendgruppe, an der jeder andere sich nur vorbeidrücken konnte, oder eines Paars, das im Gesicht des Gegenüber die eigene Spiegelung suchte und, hatte er oder sie diese gefunden, einander näher kam und doppelt und dreifach zärtlich wurde, oder eines einzelnen, der/die im Halbdunkel dastand und sich selber liebkoste, oder das den Nachtwind übernehmen ließ.

x) Festwiese?

»Es stimmt gar nicht«, kommentierte der Dichter, »daß Narziß in sein eigenes Spiegelbild verliebt war. Wahr ist vielmehr, daß er begabt oder geschlagen war mit einer übermächtigen

Weltliebe. Er war geboren und wuchs auf mit einer Zärtlichkeit für die Wesen und Erscheinungen von seinen Fingerspitzen bis in das hinterste Universum. Der junge Narziß war die Zu- und Hinneigung in Person und wünschte nichts mehr, als die ganze Welt in seine Arme zu schließen. Aber die Welt, die Menschenwelt zumindest, ließ das nicht zu, wich vor ihm weg, gab ihm den Blick der Liebe nicht zurück. Seine Begeisterung vom Dasein und seine Zuneigung zu Bekannt und Unbekannt fanden nirgends einen Halt. Und so mußte er mit der Zeit den Halt an sich allein suchen. Und so verklammerte sich der große Weltliebhaber Narziß an sich selber. Und so ging er zuletzt zugrunde. Aber immerhin, gut so, besser so: Er hätte ja statt dessen auch Welteroberer, Schlachtenschläger, Staatsmann, Gesellschaftstheoretiker, Prediger, Geißel Gottes, Prophet, Religionsgründer, National- und Universaldichter werden können.« – »Du mußt ja wissen, wovon du redest«, antwortete ihm darauf der Olympiasieger. – »Ja«, sagte der Dichter. »Und ich war auch nie darauf aus, etwas Schönes oder Beispielhaftes oder Nützliches oder gar Unsterbliches zu machen. Mag sein, das wäre mir zuletzt recht gewesen. Aber zuallererst wollte ich immer, ja, immer, nur Gutes tun. Ja, Gutes tun. Nur habe ich das erst erkannt, als es zu spät war.«

Nicht bloß die Jugendlichen auf der nächtlichen Feststraße gaben sich als die Protagonisten. Neben einem der im Freien entzündeten Feuer zeigte sich in seinem Wagen ein Säugling, der offensichtlich gerade erst zu sitzen gelernt hatte, und so auf die da ein Lamm bratenden Erwachsenen eingestikulierte und -brüllte, als sei er der Oberbefehlshaber am Ort, und zugleich im Kreis nach Zuschauern suchte, ob die ihn auch gehörig bewunderten. Der Priester, der vor der Straßenkirche, diese kaum größer als die Häuser, auf die Besucher der Festnachtmesse wartete, hatte sich, da das Kirchlein am Eingang keine Stufen hatte, auf einen dahingeschobenen Stein gestellt und prüfte jeden Vorbeiflanierenden und noch mehr die Eintretenden wie der zuständige Ortspolizist. Ein älterer Mann, der Lepra hatte – die gab es hier also noch? ja! –, nasen-, lippen- und fast ohrenlos, stand an der hellsten Stelle der Straße, in den Scheinwerfern für eine noch abwesende Musikantengruppe, und wandte in einem fort den Kopf auf der Suche nach Leuten, die er ansprechen könnte, nicht für einen Dialog, sondern allein für seine, des Gesichtslosen, große, vor allem aus Schimpfwörtern bestehende Rede: aus der Unförmigkeit seiner Züge ein umso schärferes Herausfunkeln der überklar eingezeichneten, jugendlichen Augen; während neben ihm in dem Lichtstrahl eine uralte Wahnsinnige tanzte, das Gesicht hinaufgedreht in den Nachthimmel, unterdessen einen jeden, der sie zu übersehen versuchte, strafend mit einem Blick so von höchst oben herab.

So kamen sie bis ans Ende der Straße. Wohin es da weiterging, und ob überhaupt, war wegen der Lichterwand immer noch nicht zu erkennen. Außerdem erscholl jetzt das letzte Rufen der Meßglocke, eher ein Hämmern wie auf eine aufgehängte leere Konservendose, und die Straße leerte sich mit diesen paar Schlägen. Nur hier und da eine Feuerwache blieb draußen.

In diesem Sog fanden auch die Fremden sich ein zu dem Gottesdienst. Und es schien, der Priester, nun drinnen an dem kleinwinzigen Altar, im Festornat, auf den Zehenspitzen wippend, wie kampfbereit, habe auf sie schon gewartet. Sie bekamen von ihm, nachdem er zuvor sämtliche andern – erstaunlich, wie viele Besucher in dem durch die tausend Kerzen noch mehr geschrumpften Kirchenraum ihren Stehplatz fanden – durchgemustert hatte, einen auf einmal tiefherzlichen Willkommensblick.

In gleicher Weise erschienen dann auch die Straßenleute in der Meßfeier verwandelt, oder jeder verlor zumindest seine Auffälligkeiten und Eigenheiten, und das noch für eine Zeitlang danach. Ein Bild hing über dem Altartisch, gemalt und aufgehängt offensichtlich eigens für den Anlaß, die Himmelauffahrt der Mutter Gottes, von dieser nur unten die nackten, landarbeiterinhaft schwarzen Fußsohlen und oben die aufwärts gekehrten Augen sichtbar, dazwischen eine große Farb-Wolke, für einen Laien wohl einfacher zu malen als ein ganzer Körper.

Während der Dichter, gleich den meisten im Raum, zur Kommunion ging, gefolgt von dem Sportler, der ihm das, wie so vieles, nur nachtat, hatte der Dritte die Zeit, endlich den ihm zugesteckten Brief zu lesen. Der lautete so: »Du hast in einem unrechten Zorn deinen Sohn verstoßen. Dafür ist dir auf deiner Stirn ein Mal gewachsen, an dem du sterben wirst. Zwar hat man es dir fürs erste herausgeschnitten. Aber ich werde dafür sorgen, daß es dir nachwächst. Und wenn ich dich noch zehn Mal schlagen muß. Ja: muß. Denn auch mir hat es wehgetan. Und eine gute Nacht in Santa Fe am Steppenrand!«

Nach der Messe blieb er noch eine Zeitlang in der Kirche. Die beiden Mitreisenden waren draußen auf die Suche nach dem Kind des Dichters gegangen. Und trotz der Kerzen- und Weihrauchatmosphäre und der vielfältigen Tierbratenschwaden von der Straße wurde auch jetzt wieder jener andere, von weither mit dem Nachtwind daherkommende Geruch der bestimmende. »Ich habe aufgehorcht«, erzählte er: »– so als ob Gerüche und Aufhorchen etwas miteinander zu tun hätten!« Und zugleich schaute er zwei jungen Frauen zu, die in einem eigens ausgeleuchteten Winkel der Kirche neben einer dort hingestreckten Statue des toten Gottessohns standen.

Der Leichnam war beinahe nackt, in Naturgröße und in allen Lebensfarben, dazu glasiert, so daß jede einzelne, im übrigen vom Skulpteur feinstens herausgearbeitete Einzelform des Christuskörpers einen zusätzlichen Glanz bekam. Und wie in den Breiten der Nachtwindstadt wohl üblich, beugten sich die beiden Mädchen jetzt über diesen lebensechten Leib und küßten ihn ab vom Kopf bis zu den Füßen. Sie taten das sacht, fast ohne Stirn, Augen, Mund undsoweiter mit ihren Lippen überhaupt zu berühren, mit gefalteten, an die Brüste gedrückten Händen. Nur am Ende, als sie sich aufrichteten und noch einen Blick auf den vor sich da Hingestreckten warfen, strich die eine von ihnen, rasch, über die Hüfte des Toten, zog mit den Fingerspitzen den Schwung dort nach und äugte dann hin zu der zweiten jungen Frau, die ebenso zurückäugte, eine auf einmal ganz das Ebenbild der andern, gehobene Brauen, und ein Lächeln mit geschlossenen Lippen, wie bei einer Mitwisserin und Komplizin. – Und sie wären gar nicht überrascht, würde, bei noch so einem Darüberstreichen, ihr angeblich toter Gott sich unter ihren Händen unversehens aufbäumen.

Draußen stand inzwischen eine Tribüne für die Straßenfestkönigin, deren Damen und Pagen. Und dort fand er auch seine Mitfahrer.
In den Minuten der zunehmenden Stille vor

dem Einzug des Hofstaats sprach der Dichter wieder vor sich hin, wie im Selbstgespräch, und doch wieder, als wüßte er die Gedanken des Fahrers und habe den an diesen gerichteten Drohbrief mitgelesen. Er sagte ungefähr folgendes: »Zwischen Frau und Mann ist neuerdings Feindschaft gesetzt. Männer und Frauen sind heutigentags untereinander zerfallen, ohne Ausnahme. Ich zum Beispiel habe schon lange kaum einen Feind mehr – komme dazu auch nicht mehr in Frage –, aber wenn, so ist das eine Frau. Nicht nur werden wir nicht mehr geliebt, sondern sogar bekämpft. Und wenn die Liebe ins Spiel kommt, so dient sie nur noch dazu, den Krieg zu eröffnen. Früher oder später wird die dich liebende Frau, so oder so, von dir enttäuscht sein, und du wirst nicht einmal wissen, warum. Sie wird dich, wie sie erklärt, durchschaut haben, ohne dir aber zu sagen, worin sie dich durchschaut hat. Und sie wird dich keinen Moment mehr vergessen lassen, daß du durchschaut bist. Denn zugleich läßt sie dich nun kaum mehr allein, jedenfalls viel weniger als vorher im Liebesspiel. Und in ihrer ständigen Anwesenheit kannst du kaum mehr dem entkommen, was sie von dir an Schlechtem denkt. Du selber denkst zwar keineswegs von dir als einem Schwindler, Lügner und Falschspieler, und möchtest ihr immer noch wie bei eurem Anfang ein guter Mann sein. Aber du bist gezwungen, dich als all das zu sehen: in und mit ihren Augen, die dich ab jetzt nicht mehr loslassen und in denen, was du auch tust oder nicht tust, eine Bestätigung ihrer schlechten Meinung, ihrer bitterlichen Enttäuschung sein wird. Mach, was du willst: Du bist und du bleibst der Durchschaute. Nichts kann die Frau mehr an dir überraschen. Selbst wenn du ihr das verwirklichst, was sie sich im geheimsten für ihr Leben geträumt und gewünscht hat, wird sie mit ihrem Blick auf dich gerade nur die Brauen heben. Und wenn du für sie stirbst, wird sie starr über dich gebeugt bleiben und so sogar noch verhindern, daß du in deinen letzten Augenblicken wenigstens etwas anderes siehst. Ja, auf Mann und Frau wartet heute von Anfang an der Haß. So viel Schmutz und Verschmutzung zwischen den Geschlechtern wie heutzutage war noch nie. Und die nicht schmutzig sind, das sind die Dummen. Vielleicht war das immer schon so. Aber wenn, dann sicher noch nie so arg und so nackt. Haben wir früher einander eher still geduldet? Und ist es vielleicht besser so wie jetzt? Und jedenfalls ist es allgemein so, nicht bloß bei mir und bei dir. Kein Paar, kein noch so rührend junges oder ehrwürdig altes, bei dem nicht in gleichwelcher Lebenslage unvermittelt jene Entzweitheit ausbrechen könnte und heutigentags ausnahmslos tatsächlich dann einmal ausbricht – auch wenn sie danach wieder vertuscht wird –, welche im Anfang schon zwischen Frau und Mann angelegt war, zumindest in der Jetztzeit. Besser dann doch, sofort aufeinander loszuschlagen, bei der ersten Begegnung, oder? Statt eines tiefen Blicks, statt eines Rot- und Bleichwerdens, statt eines Stichs im Herzen gleich das wilde Aufeinander-Einprügeln, oder? Und warum lassen die modernen Männer und Frauen nicht überhaupt einander in Ruhe – wenigstens eine Zeitlang? Ich jedenfalls werde so lang schon in Ruhe gelassen.«

Sie saßen dann an einem der langen Tische im Freien und tafelten mit den Straßeneinheimischen. Und endlich zog auf der Tribüne gegenüber der Festhofstaat ein. Es waren das alles sehr junge Leute, von denen sie schon vorher einige vereinzelt hatten herumstehen sehen. Nicht nur durch die Kostüme, die dunklen, hatten die Mädchen und Jungen ihre vorigen Allüren verloren und wirkten selbstverständlich. So wie sie jetzt waren und zusammen waren, so waren sie in Wirklichkeit. Sie verkörperten auf dem Podest keine Rollen; brauchten sich nicht in Posen zu werfen. Sie alle waren geborene Edelfräulein und -männer, oder wie immer der Name für ihresgleichen war. Und nicht Gewand, Diadem oder Fächer machten das, vielmehr die Art, wie jeder seinen Platz einnahm und sich anschauen ließ.

Dieses zwanglos Noble ging auf die Zuschauer über. Vor allem die Festkönigin war es, welche, ohne überhaupt einen Finger zu rühren, die Straßenleute zu einem Volk vereinte. Das kam von der Art der Schönheit der jungen Frau, außerhalb des Fests wohl eher erst eine Heranwachsende, fast noch ein Kind. Nichts an ihrem Schönsein reizte, oder regte auf. Oder wenn es aufregte, so in dem Sinn eines In-Bewegung-Versetzens, einer aufbrechenden Erinnerung an etwas Unbestimmtes, Unklares, das klar erst wurde jetzt, mit diesem Augenblick. Von dem Königin-Mädchen ging eine Schönheit aus, die jeden unten berührte, als sei dieses Kind seine nahe und nächste Angehörige.

Und einer im Publikum wurde dann auch leibhaftig kenntlich als solch ein Angehöriger. Während die Musikantengruppe zu Füßen des Hofstaats schon die Trompeten und Klarinetten ansetzte, hörte der Fahrer eine ihm vollkommen fremde Stimme, die gleich neben ihm erscholl, und die einen unverständlichen Namen rief. Der Dichter schrie so, den Namen seiner Tochter? Die er doch zum ersten Mal sah? Und er brüllte in ihre Richtung, daß er ihr Vater sei, kreischte das geradezu: »Ich bin gekommen, ich, dein Vater.« Und: »Ja, ich bin der Vater!« sagte er zu den Leuten, die sich nach ihm umblickten.

Die Königin wandte sich zu ihm, ohne ihre Miene des Für-alle-da-Seins zu ändern. Für einen Augenblick wurde an ihr dann Freude sichtbar, sehr kurz, jedoch so, daß, hätte diese Freude die Zeit gehabt, sich über das ganze Gesicht auszuwirken, sie das Schönste an dem Fest geworden wäre.

»Dazu ist es nicht gekommen«, sagte mir der Apotheker. »Das Mädchen wurde mit einem Schlag häßlich. Das machte ihr Erschrecken. Scheinbar hat sie noch auf ihren Vater geschaut, in Wahrheit auf etwas dahinter. Ich muß das jetzt kurz erzählen: Dort sind gerade ein paar Polizisten aufgetaucht. Und diese haben die kleine Königin dann vor aller Augen festgenommen. Beim Abgeführtwerden hat sie über die Schulter den Vater gesucht. Dieser hat auf der Stelle alles fallenlassen und ist ihr nachgerannt, begleitet von dem Sportler. Alle drei sind sie, nachdem der Dichter und sein Freund ihre Ausweise gezeigt hatten, mit dem Polizeiauto weggefahren. Ich bin allein sitzengeblieben, bewegungslos.«

»Und? Und dann?« fragte ich. »War nicht auch die Mutter des Mädchens in der Nähe, die alte Geliebte des Dichters?«

»Nein.«

»War sie gestorben?«

»In meiner Geschichte wird nicht gestorben«, antwortete der Apotheker von Taxham. »Es geht da manchmal traurig zu, und zwischendurch fast verzweifelt. Aber ein Toter kommt nicht in Frage.«

»Also: Was war mit ihr?«

»Haben Sie's denn vergessen?: In der Schwebe lassen. Lassen wir das mit der Mutter der Königin in der Schwebe. – Nicht in der Schwebe lassen werde ich freilich, warum ich bei dem Abtransport des Mädchens bewegungslos sitzenblieb. Genau solch eine Szene habe ich nämlich einmal mit meinem Sohn erlebt. Die Gendarmen sind ins Haus gekommen und haben ihn, seine Arme auf den Rücken verdreht, abgeführt. Und er hat da geradeso zu mir zurückgeblickt wie die Tochter des Dichters. Bei dieser weiß ich bis heute nicht, warum sie verhaftet wurde. Mein Sohn aber war ein Dieb. Das heißt, bei der ersten Festnahme war das erst ein Nachahmen der sportlichen Diebereien seiner Mitschüler. Er war nicht gerade ein Außenseiter, doch unter seinen Altersgenossen der, welcher die fürs Gruppendasein zählenden Erfahrungen jeweils als letzter machte, und sichtlich ohne Überzeugung oder Lust – einfach, um mitreden zu können. Ich wurde damals angerufen, um ihn von der Wachstube abzuholen. Er war vorderhand nur verwarnt worden und sollte ein paar ›Erziehungsstunden‹ im Jugendamt absitzen. Auf der Straße vor der Wache habe ich meinen Sohn in die Arme genommen. Wenn ich das sonst einmal tat, hatte ich bei ihm ein Sträuben gespürt. Dieses eine

Mal nicht. Und wir haben geweint. Aber dann habe ich ihn geschlagen, mit Wucht ins Gesicht. Ich habe keine Erklärung dafür, außer vielleicht, daß mir von allen Gesetzesverletzungen diejenige, die mich seit je am ehesten angewidert hat, das Stehlen war. Allein die Gebärden dabei verabscheue ich, das Lange-Finger-Machen, das Mitgehen-Lassen. Und auch die Mienen und Grimassen solch eines Diebs, auch nur Gelegenheitsdiebs, bei seinem Akt – ein Berufsdieb verzieht wohl keine Miene – stoßen mich ab, als würde ich Zeuge der größtmöglichen Widernatürlichkeit. Andrerseits war die Verbundenheit mit meinem Sohn noch nie so stark gewesen wie gerade in jenen Momenten vor der Polizeiwache. Einmal, später, schon in seiner Abwesenheit und Verschollenheit, habe ich sogar selber einen Diebstahl begangen, einen winzig kleinen nur, habe irgendwo einen Kaugummi mitgehen lassen, oder einen Bleistift. Immerhin! Jedoch zurückgebracht hat ihn mir das auch nicht.«

Im nachhinein schien ihm, er sei die ganze weitere Festnacht so gesessen, und die folgenden Festtage und -nächte, ja, säße auch jetzt noch dort, während er mir hier zugleich seine Geschichte erzählte. Es kam nämlich etwas dazu: In einem der Musikanten, die während jener Nacht von einem Straßentisch zum anderen zogen, erkannte er seinen Sohn.

Trotz der Verhaftung der Königin hatte das Fest ja weiterzugehen, und am besten, indem nach den ersten paar Schrecksekunden die Musik einsprang. (In der kleinen Zwischenzeit allerdings, zwischen dem Zuschlagen der letzten Tür am Polizeiwagen, dessen Aus-dem-Bild-Verschwinden und dem ersten Trompetenton, hatte das Volk dort im Freien, gerade durch den gemeinsamen Schrecken – nicht einer, der nicht den Blick der anderen suchte –, sich so eins gezeigt wie weder vorher noch nachher.)

Es war eine vielköpfige Instrumentengruppe, ohne Sänger, die meisten davon Zigeuner, die sämtlich aus derselben Familie oder Sippe zu stammen schienen. Doch auch die paar Nichtzigeuner, Hellhäutige, Blonde, waren sichtbar, und dann hörbar, Teil der Familie. Sie spielten fast nur auf Blasinstrumenten, eher kleinen, kurzen, die Trompeten kurz wie die Klarinetten. Und so erscholl die Musik als ein gewaltiges und dabei kurzatmiges Geschmetter, das taktelang etwas von einem Unisono-Stottern bekam, einem ungenierten, selbstbewußten und hymnischen. Hymnisches Gestotter?

Ja.

Als einziges andersartiges Instrument war eine Harmonika dabei, breit auseinandergezogen jeweils der Blickfang, klar zu hören aber nur, wenn sie zwischendrin einmal allein aufspielte, mit den Fragmenten einer, im Vergleich zu der Trompeten- und Klarinettenrhythmik, merkwürdig innigen Melodie. Die Tasten dieser Harmonika drückte sein Sohn. Und er war unter den paar Fremdlingen in der Gruppe jener eine, der am ehesten auch ein Sippenmitglied hätte sein können.

»Es war nicht nur mein Vorurteil«, sagte mir der Apotheker von Taxham, »daß ich lange Zeit ein

Unbehagen vor Zigeunern gehabt habe. Wohl unnötig zu erwähnen, daß ich mich in meiner Jugend zu ihnen, oder dem Hörensagen von ihnen, sogar hingezogen fühlte. Später aber, in meinen Reise- und Wanderjahren, bin ich mehrmals überfallen und beraubt worden, und das fast jedesmal von Zigeunern. Ich hatte das auch meinem Sohn erzählt, und daß mich der Anblick dieses Volks, schon von weitem, und selbst wenn es kleine und kleinste Kinder sind – nicht etwa in Haß, sondern in Panik versetzt: sofort spüre ich wieder die Messer am Bauch, die vielen Hände unterm Hemd, bis hinein in die Achselhöhlen.«

Und jetzt traf er seinen Sohn unter diesen Zigeunern, nicht nur gekleidet wie sie, sondern mit dem gleichen Ausdruck, er wußte nicht, wie ihn nennen, weder ›frech‹ noch ›unstet‹, am ehesten ›da und doch nicht da‹, unnahbar.

Und so schaute der Sohn, im Spielen, auch den Vater an, fast freundlich, doch ohne ihn im besonderen zu meinen, und gleich freundlich wie all die anderen Orchestermitglieder, von deren

Trompeten, gerichtet ständig leicht hinauf in die Nacht, ein ungleich stärkerer Glanz ausging als von seiner bescheidenen Harmonika.
Und der Vater war außerstande, ihm auch nur einen Wink zu geben. Und so blieb er die Tage und Nächte bis zum Ende des Fests. Die Musikanten gingen zum nächsten Tisch, machten die Straßenrunde und defilierten am folgenden Sonnenaufgang oder -untergang, bei jeweils anders strahlenden Trompeten, wieder an ihm vorbei, der Sohn unverändert freundlich, ohne Zeichen von Müdigkeit, mit seiner Ziehharmonika.

Und noch etwas kam dazu, schon in jener ersten Festnacht. Die Frau von dem Wasserscheidenbrunnen, die Witwe, die sogenannte Siegerin, für ihn eher Schlägerin und Steinewerferin, tauchte auf an dem langen Tisch, war unversehens da aus dem Dunkeln. Er wollte vor ihr zurückweichen, ein paar Schritte, nicht aus Angst, vielmehr aus Überraschung; war auch dazu aber unfähig. Und sie tat nichts, als eine sehr lange Zeitlang bloß um ihn herumzugehen, ihr Gesicht immer wieder nur eine Handbreit vor dem seinen, stumm, mit großen Augen, die ihn weghaben zu wollen schienen.

Irgendwann gelang es ihm dann wenigstens, sie zu grüßen und ihr zuzulächeln. Aber sie ging nicht darauf ein, umkreiste den Mann noch für ein letztes Mal und verschwand, mit einem letzten Blick über die Schulter, gleich den früheren.

Hat er während des Fests überhaupt je geschlafen? Sein Gedächtnis sagt nein. Einige Nächte und Tage durch ist er wach geblieben – etwas, das ihm eigentlich schon immer vorgeschwebt hatte, als Erfahrung, oder als möglicher Wendepunkt. Und andrerseits hatte er von der Zeit dort ein Bild, wie er in einem Herbergszimmer – es gab in der Straße auch eine »Posada«, gleich neben der Kirche – aufwacht, und für einen Augenblick, einen einzigen, liegt in seinem sehr schmalen Bett, mit dem Rücken zu ihm, die fremde Frau.

Und gewiß ist, daß schon recht bald der Dichter und der Olympiaheld zu dem Fest zurückkamen, in ihrer Mitte die wieder freie Festkönigin, sie alle danach noch lange gleich stumm wie er. (So erst fiel dem Dichter endlich auf, daß der Chauffeur all die Zeit noch kein Wort gesagt hatte.)

»Bei all dem«, erzählte mir der Apotheker von Taxham, »selbst bei meinem Sohn, der mir bald wieder aus den Augen geriet – zuletzt sah ich ihn tanzen mit der jungen Festkönigin –, war ich aber keineswegs unglücklich, wünschte mich keinmal woandershin. So ist es! dachte ich. Was zählte, war, dort draußen im Nachtwind zu sein, mit den andern, diesen bestimmten, eine Zeitlang, und dann weiterzusehen.«

3

Der mir diese Geschichte erzählt hat, blieb über die Festtage hinaus dort in dem Ausland. Das Geschäft in Taxham ließ er während der Zeit von seinen zwei Angestellten, Mutter und Sohn, führen; sie, die Flüchtlinge aus dem Bürgerkrieg, kannten sich ja aus mit den Medikamenten, denen fürs körperliche Weh und mehr noch mit denen für dasjenige darüber hinaus; und sie wußten bei den Mengen auch das richtige Maß; und außerdem wurde vor ihnen und dem, was sie so spürbar erlebt hatten, manch einer augenblicks seine Beschwerden los.

Er wohnte zunächst weiter in der Herberge der Unterstadt-Straße. Die Straße, das zeigte sich dann mit dem ersten Tageslicht, führte unmittelbar in eine sandige und felsige, dem Aussehen nach unbebaute Steppe hinaus. Diese erschien, von seinem Herbergsfenster aus gesehen, nicht durchweg eben, sondern dazwischen auch hügelig, völlig plane Flächen mit leicht ansteigenden abwechselnd, und das so ins Weite und ziemlich Leere bis hin zu sämtlichen Horizonten, ausgenommen den in seinem Rücken, aus dem Blick gestellt durch das Häusergewirr, groß und klein, da der Unterstadt und die strenge Linie der Oberstadt auf ihrer langgezogenen Felsklippe. Die ganze Stadt, bis an die Sehgrenzen von Ödland umgeben, wirkte ausgezirkelt aus dem übrigen Kontinent, dieser kaum erreichbar.

Und doch fuhren, zumindest zu der Zeit, da die Geschichte spielt, noch ein paarmal am Tag Züge durch die Steppe, oder kam das Tuten jetzt eher von einem Fernlaster? Und wenn es schon keinen Flugplatz gab, so blieb der Himmel tagsüber doch nicht nur von den Vögeln bevölkert: Eine Flugroute mußte über der Gegend verlaufen, zwar keine gerade vielbenutzte – zwei, drei Kondensstreifen pro Tag –, aber immerhin, herausgetrennt aus der übrigen Welt war man hier demnach nicht. Sehr hoch oben waren jeweils diese Streifen, oder eher tief oben, tief drin in dem beständigen Blau, oder gar noch dahinter, und wenn das dazugehörige Flugzeug ausnahmsweise einmal sichtbar wurde, in einem Aufblinken, oder momentlang sogar hörbar, für einen feinen Ton im hintersten Luftraum, so ging davon auf den darunter Befindlichen vordringlich über, daß es schon Tausende solcher Flugmeilen hinter sich hatte, vor langem gestartet war in einem ziemlich anderen Land und noch eine geraume Zeit in derselben Flughöhe dort unterwegs bleiben würde.

Die Herberge war zugleich die Steppenstraßenbar und wurde geführt von dem jungen Mädchen, der Königin für die paar Festtage. Ihre Mutter, die eigentliche Inhaberin, blieb all die Zeit weiter abwesend, und mein Erzähler sagte mir dazu, wenn der oder jener Leser nun wirklich eine Art Erklärung bräuchte, könnte ich ja hinsetzen, sie sei vielleicht, um ihren früheren Geliebten zu überraschen, zu ihm hin aufgebrochen gewesen und treibe sich in dessen Gegend inzwischen ähnlich herum wie der Dichter hier in der ihren; ihrer beider Wege hätten sich überkreuzt.

Das Mädchen, so allein in dem Betrieb, kam damit schwer zurecht. Freilich mußte die Wirtschaft schon vorher eher windschief dagestanden haben. Vieles war kaputt, oder unbenutzbar, wie seit längerem, und ebenso fehlte vieles – war verschwunden? oder gar nie da gewesen? Das Waschbecken in dem einen Zimmer war ohne Abflußloch, während das in dem anderen Zimmer stracks hinunter auf den Fußboden ging. Kein Bett, das nicht zu kurz war (es sei denn, für die nicht wenigen Zwergwüchsigen der Gegend – war die Herberge ursprünglich für solche gedacht?). Auch die Räume selber so klein, daß darin statt irgendeines Gehens jeweils höchstens ein Schritt, ein einziger, möglich war: ein Schritt von der Tür zum Bett, ein gleicher Schritt von der Tür zum Fenster, und zwischen Bett und Fenster, Bett und Waschschüssel, Waschschüssel und Ausguck gar kein Schritt möglich – oder nötig?
Denn mit den Tagen wurde ihm solch ein beschränkter Wohn- und Schlafraum recht, und dann lieb; wenn er überhaupt schlief, so schlief

er darin tief, ruhig und ungewohnt traumlos; und wenn er tagsüber, besonders am Morgen, da saß – etwas anderes kam für diese Zimmer ja kaum in Betracht –, dann so still, zudem mit ein paar Tagesdingen in Reichweite, daß er ein derartiges Dahocken zeitweise als Tätigsein erlebte, ein vielleicht auch zu etwas nutzes.

Nicht recht dagegen die fehlenden Türschlüssel, selbst unten für den Herbergseingang, oder Innentürriegel: Er wollte sich da, wenigstens zwischendurch, einsperren können, doch nicht einmal in der Toilette war das möglich. Ebenso waren einige Fensterscheiben eingeschlagen. Die Eingangsschwelle, schienbeinhoch, war vermorscht und zum Teil eingebrochen. Das Dach nicht gerade abgetragen, aber doch mit hier und dort übereinandergeworfenen oder -geschobenen Ziegeln, von keinem Nachtwind, sondern einem Sturm. Und die Dachrinne verstopft von dem da angehäuften Steppenzeug, mit dem ebenfalls von dort angewehten Sand so fest zusammengepappt, daß nicht einmal der in dem Landstrich überreichliche Tau mehr zum Abfließen kam. Und das übliche Hochlandbrennholz lag, statt wie überall sonst gestapelt unter den Straßenfenstern, durcheinander hinten im Hof und zum Teil auch in der Herbergsküche.

Dabei ging von dem Haus und seinen Haupt- wie Nebensachen etwas Edles aus: die Steinmauern und ihr bläulicher Granitschimmer; die nirgends ebenmäßigen, allerseits leicht gebuchteten, gewellten Innenwände, bis in Augenhöhe kleinteilig gekachelt; neben einem Plastikbecher ein angeschwärzter Silberlöffel; ein ausgestopfter Wolf und ein hoher schlanker Eisenofen, in diesem mitten im Sommer in dem dunklen Herbergswinkel ständig das Holzfeuer an, sichtbar hinter der durchscheinenden, flammenfesten vorzeitlichen Herdtür aus Glimmer, das Feuerlicht von der Glimmerplatte weitergegeben an die Wolfesglasaugen; ein Tischfußballgerät – die meisten der Spielfiguren ohne Kopf oder Beine –, und in dem Glasschrank daneben ein arabisches Hochzeitskleid; im Herbergsbad, dem einzigen größeren Raum mit der Bar, der Türknauf, die Wannenfüße, die Haltestangen der Badetücher aus Bergkristall, und die Tür aus Preßholz, und die Wanne aus einem Blech wie für Konservendosen, und auf den kristallenen Tücherstangen, ein ganzer Schock davon sternförmig aus der Kachelwand ragend, der einzelne, selbst als nasser weiter stocksteife kleine Waschlappen.

Während der Straßenfestzeit blieben die drei mit anderem beschäftigt. Einmal, weit nach Mitternacht, wurde, draußen von der Steppe herein, ein Haufen von Stieren durch die Straße getrieben, sehr jungen, noch auf keinen Kampf gedrillten, doch schon mit fast ausgewachsenen Hörnern, und wem danach war, der konnte vor ihnen herlaufen; jedenfalls blieb keiner an seinem Platz sitzen. (Oder doch einer?) Und einmal, am achten und letzten Tag des Fests, das *verbena* hieß, ging eine Schweigeprozession, mit vorangetragenen Heiligenstatuen und unter Baldachinen, unter dem einen die straßenansässigen Jäger, unter dem

andern die da wohnhaften Schachspieler, unter dem dritten das Allerheiligste, in einem großen Bogen bis in die Steppe hinaus, so weit, bis die Dohlen- und Elsternschreie abgelöst wurden von denen der Adler und Bussarde, worauf bei der Rückkehr in die Straße nicht einer ohne bis über die Knie hinauf bestaubte und über und über mit Distelstacheln gespickte Feiertagskleider war.
Und an einem Tag gehörte zu dem Straßenfest auch eine Sonnenfinsternis, deren erster Augenblick, das allererste Hineinschneiden des Mondkreises in den der Sonne, ein kleinwinziges, wie flüchtiges, etwas von einem Zubeißen hatte und vielen als ein Negativbild auf der Netzhaut nachglühte und -loderte noch lang nach dem Ende des Fests.

Dann aber war es Zeit, dem Mädchen (das dabei weiterhin etwas von ihrem Königintum behielt) mit dem Haus zur Hand zu gehen. Im übrigen verwandelten sich nicht wenige Ecken der Steppenrandstraße, an denen gerade noch die Himmelfahrtstische gestanden hatten, zurück in die früheren Arbeitsstellen. An dem Platz der Hofstaatstribüne das In-den-Erdboden-Verschwinden der Kanalarbeiter, und an dem Hauptplatz der Musikanten – so sie nicht straßauf und straßab gezogen waren – das Fortsetzen der Pflasterung, steppenwärts, und aus der sperrangeloffenen Kirche, die neu ausgeweißt wurde, statt der Orgeltöne die Stimmen aus dem Transistor der Anstreicher. Besonders, wenn die Arbeiter weggegangen waren zum Essen und ihre Werkzeuge unbenutzt standen oder lagen, war es verlockend, so eine Schaufel, einen Hammer, einen Wasserschlauch, eine Schiebtruhe zu nehmen und damit seinerseits etwas anzufangen.

Und in ähnlicher Weise fingen die drei dann auch tatsächlich an. Einer der Pflasterer, beim Abreiben der Straße, warf ihnen wie im Spiel von weitem eine Drahtbürste vor die Füße, und einer von den dreien bückte sich und begann auch schon außen an den Herberge-Mauern zu rubbeln, zuerst ebenso bloß wie im

Spiel oder zur Probe, und danach aber ohne Absetzen, ernsthaft, und so, und anders, und woanders am Haus eine Woche lang. Und ebenso hob einer der drei von irgendwo auf der Straße eine wie verwaiste Wasserwaage auf, undsoweiter.

In der Herberge – in einer Vitrine dort neben Zylinderhüten und Offizierskäppis – gab es auch die ortsüblichen Arbeitsgewänder, ihnen dann ausgehändigt von dem Barmädchen, und der eine werkte in einem blauen, der andere in einem weißen. Und schon nach ein paar Tagen waren sie von den mehr oder weniger zünftigen Arbeitern in der Straße kaum zu unterscheiden. Die Haare fast unkämmbar geworden. Schleifende Schritte. Hängende Hosenböden. Ungeniert lauthalses Reden, wie es zum Beispiel bei Dachdeckern üblich ist, und außerdem nötig, wenn der eine oben am First sich zu verständigen hat mit den unten auf dem Erdboden.

Und so gingen sie auch zwischendurch wie die anderen Trupps zum Wassertrinken an den einzigen öffentlichen Brunnen der leicht abschüssigen Straße, ein bloßes Rohr in einer Mauer, aus dem aber ständig zumindest ein bißchen Quellwasser lief, und lagen dort über Mittag, unter dem einzigen Baum der ganzen Straße und in deren einzigem Grasfleck, ausgestreckt gemeinsam mit den Malern und Pflasterern – aber wer war wer? –, ohne daß einer ein Wort sprach.

Der einzige, der, obwohl er körperlich arbeitete wie die übrigen, in seiner Sache nicht ganz aufging und dabei verkleidet wirkte, war der Dichter. Ohne daß er irgendwie nachlässig oder ungeschickt war, oder sich drückte – im Gegenteil tat er sofort, was auch immer man ihm anwies –, hatte sein Tun eine ständige leichte Beiläufigkeit, und selbst bei den größten Anstrengungen verschnaufte er dann nicht mit den anderen, sondern ging gleich irgendwohin beiseite, hinaus aus dem Kreis oder Dreieck. Und so witterten die örtlichen Arbeiter auch bald, daß er in Wirklichkeit jemand ganz anderer sei als der Schwellenausbesserer und Fensterlädenbemaler da; nein, es war vielmehr ein Argwohn. »Du bist nicht, was du vorgibst, und nichts Rechtes.« Und erst als er dann hauptsächlich als Koch auftrat, anfangs nur für seine Tochter, in der Folge auch, als Anbieter feiner Kleinigkeiten, für die Rastenden draußen am Straßenbrunnen, wurde er als Arbeiter glaubhaft: so hoch ging es dabei um ihn herum her, so eingespannt schien er in ein Knochendurchschlagen gleichermaßen wie in ein kleinstes Mehlantupfen oder Flaumfedernausrupfen, so heiß wurde ihm selbst bei kaltem Herd.

Als jemand Erstaunlicher zeigte sich bei den sehr verschiedenen nötigen Arbeiten an der alten Herberge auch der frühere Sportstar, der vergessene Olympiasieger und Weltmeister. Verständlich, daß er aus der Periode seines Ruhms und seines eher kurzen Reichtums sich auskannte mit Gasthäusern, Pensionen und Bars – er hatte einige solcher Immobilien besessen, in immer rascherer Folge freilich »Besitzer auf der Flucht«; doch wer hätte gedacht,

daß dem Rennweltmeister dieses Tüfteln, Aufräumen, Putzen, Gasttische-Polieren, noch dazu eben für andere, Fremde, solch eine Freude machte? Ja: Über die gröberen Arbeiten hinaus, bei denen er von ihnen dreien ohne je ein Auftrumpfen der Planer, Einteiler und Anschaffer war, begeisterte er sich nebenbei für jene Tätigkeiten, die man »Dienstleistungen« nennt. Er machte während der Zeit dort in der Posada für die andern die Betten, putzte ihnen die Schuhe, bügelte alles, was in dem Haus zu bügeln war, erledigte die Einkäufe, nähte und stopfte, und das immer gleich prompt und lakonisch. Wenn er schon kein Sieger oder Geschäftsmann mehr war, so doch etwas wie ein enthusiastischer Umsorger, in dieser Herberge jedenfalls. Sein Gesicht leuchtete, wenn er einem andern ein Glas auftischte. Und er war da auch vorstellbar seinerzeit auf seinem Goldmedaillenpodium.
Überhaupt bekam der alte Sportler derart erstmals ein Gesicht. Und wie war dieses? So, daß man ihn, wieder erstmals, mit seinem Namen

anreden konnte, dem Vornamen, dem endlich nicht mehr unaussprechbaren: »He, Alfons!; He, Alfonso!« Worauf er nur sagte: »Ja, man muß arbeiten. Diese Arbeit ist zugleich mein Urlaub, meine freie Zeit. Noch nie habe ich so viel freie Zeit erlebt. Es muß gearbeitet werden.«

Nur daß dann dieses Gesicht mitten in dem Elan immer wieder, für ein kurzes Augenstarrwerden, geschlagen erschien mit Hoffnungslosigkeit: »Nein, ich bin verloren. Es gibt für mich keine Rettung mehr.«

Währenddessen zeigten sich, von der Herbergstür aus gesehen, die Pflasterarbeiter hinter ihrem Feuer verzerrt von den Flammen und dem Rauch: »Könnte ich wenigstens in so einem Feuer stehen!«

Es war vor allem diese gemeinsame Arbeit, die den Erzähler noch bei den zwei anderen hielt. Die Reparaturen beendet, gerieten ihm der Sportler und der Dichter zunehmend aus den Augen. Das kam auch daher, daß der letztere

aus der Herberge auszog, stadteinwärts, zum Zentrum von Santa Fe (wie immer auf dem Fuß gefolgt von seinem Kumpan). Seine Tochter war inzwischen verschwunden; nachgereist, hieß es, den Festmusikanten. Ja, noch immer war das Fest zu riechen auf der ganzen Länge der Straße, gerade in seiner Abwesenheit.
Und er, der Erzähler, hatte den Harmonikaspieler, seinen Sohn – wenn er es war –, stumm gehen lassen. »Es war recht so«, sagte er. »Vater und Kind müssen sich ohnedies einmal für allemal trennen. Und dieses Mal war es der Moment, und vielleicht kein ganz schlechter. Oder? Jedenfalls war ich unversehens der einzige Bewohner der Herberge am Rand der Savanne dort.«

Hier begann seine Suche nach jener »die Siegerin« genannten Frau. Dabei hätte er sich doch vor ihr fürchten sollen? Die Wunden, die sie ihm in der ersten Kampfnacht – ein einseitiger Kampf – zugefügt hatte, mit ihren bloßen Händen, waren noch nicht verheilt. Vor allem die auf der Stirn, an der Stelle, wo ihm zuvor das kleine Geschwür entfernt worden war, fing wie grundlos immer wieder neu zu bluten an. Genau da hatte ihn auch damals am Salzburger Flughafenwaldrand – »damals«? ja, so dachte er – der Hieb aus dem Unsichtbaren getroffen.

Aber er wollte und mußte die Frau finden, sei es um den Preis eines dritten Kopfschlags. Es war das erste Mal, daß er so entbrannt war, »und vielleicht weniger für das Subjekt«, sagte er, »als für das Nach- und Aufspüren«. Ein Stück Fingernagel, der Frau abgebrochen während ihrer Gewalttätigkeit und von ihm dann am Morgen dort im Gebirgshaus vom Fußboden geklaubt, war ihm weit eher ein Anhaltspunkt als ein schlechtes Vorzeichen. Es betrachtend, spürte er umso stärker, daß sie in der Nähe war.

Nur machte sie sich nicht mehr bemerkbar. Das eine Mal, daß ihn am Rande der Steppe etwas mit Wucht auf den Schädel traf, war das ein Apfel, aber wo war der Baum? – keiner da – aber wo war der Werfer? – weit und breit keiner –, und erst dann sah er, schon in einiger Entfernung, den Raben, dem die Frucht dort im heiteren Himmel wohl aus dem Schnabel gefallen war.

Sein Suchen wurde für jemand Außenstehenden kaum sichtbar. Schon indem er sein blaues Arbeitsgewand, so praktisch und auch schön war es, beibehalten hatte, wirkte er nirgends in der dabei nicht großen, nur ausgedehnten, Steppenstadt auffällig. Und ebenso waren seine Bewegungen, Mienen und Blicke eher die eines, der von einem Arbeitsplatz zum anderen strebte; kein Beiseiteschauen, kein Innehalten. Aber auch im Innern war er oft nicht bei seiner Unternehmung: »Gerade weil sie mir übermächtig erschien, konnte sie mir von einem Schritt zum nächsten entfallen. So bedeutsam und dringlich erlebte ich die Suche nach der Frau, daß mein Bewußtsein sie zeitweise gar nicht mehr zu fassen vermochte, ich auf weiten Strecken buchstäblich darauf vergaß und etwas ganz anderes im Sinn hatte, das jedoch mit derselben Leuchtkraft wie das Aufzuspürende! Ähnlich, wie man manchmal so voller Dankbarkeit ist, daß man vergißt, sich zu bedanken.«

Er bewegte sich Tage und Tage lang durch Santa Fe, meist durch die Unterstadt, wo die Witterung der Savannenumgebung ungleich stärker war und ihm sagte: »Heiß!«
Ein paarmal nur stieg er gassenaufwärts zu dem alten Felsenviertel oben, immer noch einem Zentrum, tat das in der Regel aber erst gegen Abend, wenn sich die Plätze dort in der Höhe, im Gegensatz zu denen unten, allmählich entvölkerten und sich dann der Nachtwind bemerkbar machte, mit einer so anderen Kraft als der in der Unterstadt. Auf dem obersten und leersten der Plätze stehen, am Rand der Felsklippe, und sich das Gesicht, die Haarwurzeln, das Gedächtnis und Werweißnochwas auffrischen lassen von diesem Wind, aus der Schwärze wehend. »Ich bin ein Nachtwindmensch. Und wo sind meine Nachtwindmen-

schen?« Statt der Gaumen- oder Zungensegel die Schläfensegel.

Und in einem solchen Nachtwind war es dann auch, daß er einmal weiterdachte, es sei ihm ganz recht, mit Stummheit geschlagen worden zu sein. Gut, daß er nicht mehr reden konnte. Nie wieder würde er den Mund aufmachen müssen. Freiheit! Mehr noch: Vorbildlichkeit! Eine Partei gründen, oder sogar eine Religion: die Partei der Stummen, die Religion der Stummheit? Nein, damit allein bleiben. Stumm, frei, und endlich, wie es sich gehörte, allein.

In einem anderen Nachtwindmomente schlug ihm neuerlich etwas auf den Kopf, oder zumindest empfand er das so – in Wahrheit streifte ihn nur das Fell einer Maus, ausgespuckt von einer Eule, die irgendwo auf einem Gemäuer ihre Beute gerade hinuntergewürgt hatte.

Tagsüber blieb er ausnahmslos unten am Klippenfuß. »Klippenfuß« hieß aber nicht, daß die Stadt von dort sich rein in der Ebene erstreckte. Jenseits der beiden hier ineinandermündenden Flüsse stieg das Terrain gleich wieder an, nur viel flacher, fiel wieder ab, undsoweiter, bis eben in die felsige Steppe hinein.

Durch die vielen Felswände, auch -spalten und -schluchten (der Flüsse und Bäche) gab es in der ganzen Stadt eine ungewöhnliche Echowirkung. Nicht nur, daß das den Lärm verstärkte. Es machte auch immer wieder an den Richtungen irre, selbst was oben und unten betraf. Ebenso wurden nah und fern oft ununterscheidbar. Vor allem am Morgen, wenn weit und breit erst wenige auf waren – die Langschläferei schien etwas Landesübliches zu sein –, unterhielten sich auf einmal zwei Stimmen lauthals gleich unter seinem Herbergsfenster, und wenn er sich hinabbeugte, war da aber niemand, keine Menschenseele auf der Straße, erst weit draußen dort in der Steppe zwei gestikulierende Punktgestalten, von denen dabei jedes Wort klar in sein winziges Zimmer scholl.

Oder in der tiefsten und stillsten Nacht, nichts als die eintönigen Eulenlaute, von unten? von oben?, aus einer der Flußengen, jener, wo in dem Savannenland die einzigen größeren Gärten angelegt waren, entlang dem eher sporadischen Wasserlauf, der eine kleine Luftschnapplaut eines der paar dort wachehaltenden Hunde, gleich von den Felsen zurückgegeben und von dem Hund nun beantwortet mit einem ersten Bellen, das, mit dem Echo, auch schon der nächste Hund erwidert, gefolgt nun von dessen Widerhall, einem zweifachen, der Talverengung wegen, worauf der dritte Hund talauf mit einfällt, samt seinem dort, in einer Flußkurve, schon mehrfachen Echo, und so zunehmend lautstärker, ein in dem ganzen Hoch- und Tiefland sich vervielfachender Hall, bis es am Ende, nein, lang noch kein Ende, ist, als sei, obwohl nur die drei Hunde da einander zubellen, ein vollständiges Hundeheer im nächtlichen Feindeinsatz.

Immer noch war es Sommer, und trotzdem konnte man auch daran dann irre werden. Das kam weniger von den zahlreichen elektronischen Temperaturmessern in der Stadt, die jeder andere Grade anzeigten, oft mit Unterschieden eben fast wie zwischen Sommer und schon Winter. Auch jenes Blätterfallen, manchmal schon Anfang Juli, war ja nichts ganz Ungewohntes.

Nur ging es hier seltsam vor und zurück mit den Jahreszeiten, diesen Augenblick weit vor und im folgenden ebenso weit zurück. An einem der Tage dort etwa schwamm der Erzähler in jenem der beiden Flüsse, der mehr Wasser führte, beim Rauschen oder Rasseln der Pappeln beidseits von den Ufern, mit jenem der Grillen Geräusch des Sommers wenn nur je eines, und unversehens – er schwamm flußauf – kam ihm dann ein nicht mehr endender Schwall von abgefallenen, gelben, roten, schwärzlichen Blättern entgegen, eine unaufhörliche Schleppe, in Girlandenform auf und unter dem Wasser treibend, was den Eindruck der Herbstlichkeit noch vertiefte – während im nächsten Moment sich ein Kuckuck hören ließ, als sei es höchstens erst der späte Frühling.

Und jener Maulbeerbaum, der fast alle seine Früchte trug, die meisten noch unreif, indessen dem von Taxham all seine Beeren längst abgefallen waren, sogar die roten Flecken am Boden längst schon verblichen. Und das gleiche mit dem noch punktweißgelb blühenden Holunder hier, während derselbe Blick daneben die schon novemberlichen schwarzen, an Weltkriegsfriedhöfe erinnernden Sonnenblumenfelder umfaßte, über denen dabei noch eine Hochsommerluft flimmerte.

Er verirrte sich dabei kaum, und wenn, dann ließ er das ruhig geschehen: jetzt und jetzt würde er so etwas erfahren.

Viele der Gegendleute verloren häufiger ihren Weg als er. Immer wieder wurde er, der Fremdeste am Ort, um Auskunft angegangen; konnte dann meist, mit einer stummen Geste, auch helfen.

Wahr: die ihn fragten, waren manchmal Touristen, aber nur aus der Provinz, deren Kapitale die Nachtwindstadt war, Leute vom Land; an-

dere Touristen gab es nicht. Und diese Touristen oder Ausflügler waren ein erfreulicher Anblick, in ihrer unauffälligen Aufmachung, und vor allem in ihrer Scheu auf dem doch auswärtigen Boden, und auch in ihren kleinen Ausgelassenheiten, wobei selbst Alte Hüpfschritte machen konnten (jeweils nur einen).
Einmal sah er einen Hochzeitszug mit geschmückten Autos durch die Hauptstraße unten brausen, bei eher behutsamem Gehupe und Blechbüchsengeklappere, und gewahrte dann im Brautpaarwagen zwei solcher Alten, sichtlich vom Dorf.

In der Regel aber hatte er so unterwegs, auf der Suche nach der Frau oder mit den Gedanken woanders, den Blick auf dem Boden. So fand er, bald aus der Stadt in die allseitige Steppe hinausgeraten, regelmäßig ein paar Pilze, verschiedene Sorten, die ihm vertraut waren, selbst wenn es die ortsspeziellen, vom Allgemeinbild abweichenden Varianten waren.
Die aß er dann, zeitweise auch auf der Straße,

in einer Bar, immer derselben, weil er dort zur Verständigung nur ein, zwei Zeichen brauchte. Auffällig, wie fremd, ja unheimlich den Einheimischen die Gewächse ihrer eigenen Gegend waren. Bei dem häufigsten, auf Schritt und Tritt – selbst hinter den Häusern – zu findenden, appetitlichsten Pilz betrachteten sie ihn wie jemanden, der mit seinem Leben spielt, wichen fast zurück, als bringe allein schon der Anblick in Lebensgefahr – und schienen, einige, viele, von den Pilzen doch angezogen wie von einem mehr Wunder- als Teufelswerk.

Aber auch viele andere Gewächse oder Früchte ihrer eigenen Gegend waren den Bewohnern, und nicht nur denen im Stadtinnern, unbekannt, oder tabu. Als er eines Tages in eine ähnliche Randsiedlung kam wie die an der Herbergsstraße, mit gleichkleinen länglichen Häusern die Steppenhänge hinauf, nur eben an einem anderen Stadtausgang, pflückte er im Vorbeigehen eine Feige von einem Strauch gleich neben einer Tür, worauf dort eine alte Frau herauslief, mit Geschrei, aber nicht, weil

er ein Dieb war, sondern der vermeintlich giftigen Feigenart wegen, »nicht essen!«; sie selber hatte davon ihr Leben lang noch nicht gekostet und wollte ihn nun davor bewahren, an ihren Haustürfeigen zugrunde zu gehen.
Unter ihrem besorgten Blick aß er dann von den Früchten, die so köstlich schmeckten, daß er den ganzen Strauch hätte leeressen mögen, gerade nur zwei, und von den kleinsten. Dieses Nicht-bewandert-Sein selbst der Alteingesessenen mit dem, was vor der eigenen Tür war, mitsamt der Angst davor, begegnete ihm von morgens bis abends.

Ein paarmal während solcher Suchzeit traf er auch auf seine zwei Reisekumpanen. Obwohl sie sich voneinander nur vorläufig getrennt hatten, taten da der Dichter und der Sportsheld, als kennten sie ihren Fahrer nicht mehr. Oder sie erkannten ihn, fern von dem Auto und der Herberge, draußen auf den Straßen tatsächlich nicht wieder, wie er das ja von Taxham gewohnt war.

Und sie übersahen ihn zudem, weil sie mit etwas ganz anderem beschäftigt schienen. Auch sie waren auf der Suche, nur ungleich offensichtlicher als er. Was suchten sie? Streit? Geld? Ein Publikum? Einen Helfer, tatkräftiger, als er es war, und der sie rettete nicht nur für einen Abend, sondern ein für allemal? Und keinen Einzelretter, sondern ein ganzes Rettervolk, ein Volk der Retter? Oder suchten sie nicht eher den, der sie endlich vernichtete, ihren Abschaffer, ihren Vollstrecker? Und jedesmal wirkten die beiden abgerissener, trotz der eleganten Anzüge, mit denen sie ihr Arbeitszeug wieder vertauscht hatten. Schließlich waren sie sogar fast zahnlos, und das innerhalb von nur einigen Tagen. Oder hatten sie vorher Prothesen gehabt und diese jetzt verloren oder verschluckt?

Ihre Köpfe erschienen einmal hochrot, einmal leichenfahl. An ihren Schuhen schleiften die losen Sohlen hinterher. Über ihre Bärte zogen sich Spuren wie von Schnecken. Das einzige, was an ihnen zuletzt noch ordentlich wirkte, waren die gar sorgsam gepflegten Fingernägel (was von ihnen zusätzlich das Bild perverser Killer gab).

So streiften sie mit großen Gesten wohl unablässig, beinahe Tag und Nacht, durch die Unter- und Oberstadt, versperrten den Passanten den Weg, schmähten sie wegen ihres Aussehens, ihres Gangs, ihrer Stimmen, das alles aber jeweils wie im Spiel, und die Anwürfe gereimt, in Gedichtform, und manchmal auch gesungen, so daß sie zumindest noch unbehelligt blieben, ab und zu für ihre Darbietungen sogar bezahlt wurden.

Einmal sah er sie so auf der Plaza Mayor in der Oberstadt, am heißesten Tag des Jahres, Eisblöcke zum Verkauf anbieten, »keine künstlich gefrorenen, keine von einem Laster verlorenen, sondern in den hiesigen Felsen schon zur Eiszeit geborenen, schon vom Kaiser Konstantin zum Kaiser-Eis erkorenen«. Und ein andermal stellten sie sich ihm in den Weg unten auf der großen Flußbrücke, wieder ohne ihn zu erkennen, und wollten von ihm photographiert werden (was er auch tat), die Gesichter grell angemalt, die schwärzesten Raben- und Dohlenfedern in den Haaren.

An sämtlichen Apotheken der Stadt ging er vorbei – und es gab ungewöhnlich viele für solch einen Provinzort, fast zwei Dutzend; er brauchte ja nichts, war nicht krank; oder gab es etwas gegen seine Verstummung?
Kaum mehr einen alten Apotheker sah er da, und auch kaum mehr alte Räume. Kräftig wirkten sämtliche dieser Hochlandpharmazeuten, und hatten rauhhäutige Gesichter und Hände, als seien sie in ihrer freien Zeit, oder überhaupt, Bergsteiger oder Überlandgeher, jedenfalls mehr zu Hause im Freien als hier vor den Kosmetika in Reihe Eins und dem Medizinregal als Reihe Zwei.
Den einzigen alten Apotheker sah er in der Oberstadt, in der einzigen Apotheke dort, auch sie neu oder erneuert: wie einmal bei Nachtdienst sein Gesicht in der Luke neben der versperrten Tür sichtbar wurde, dabei ohne

einen Kunden weit und breit in dem Straßen-Nachtwind – vielleicht weil er so Luft schöpfen wollte; und einmal mitten am Tage als Silhouette vor dem großen Hinterfenster, das gleich hinaus auf den Felsabgrund ging, einem Felsfenster also, durch das der Umriß des alten Mannes, allein im Lokal, ohne Angestellte, sich vor der Steppe abzeichnete, diese in der Tiefe und bis in die fernste Ferne menschenleer, gras-, sand- und felsgelb, jetzt in der Mittagssonne fast weißgebleicht, und ihm draußen auf der Straße war, er sehe da sein Selbstbildnis, von später.

Der einzige, mit dem mein Erzähler jetzt verkehrte, war der Inhaber einer versteckten Bar in der Unterstadt. (Aber was heißt »versteckt«? Jede zweite der zahlreichen Bars wirkte dort so, und hieß auch so: »Versteck« oder »Winkel«.) Dieser Barmann war ebenfalls alt, auf eine Weise, daß alles an ihm, statt etwa faltig und weiß, schwartig und borstig geworden war. Ohne daß er den Mund auftat, war klar: der Mann war

Witwer, schon seit sehr langem, und seine Kinder waren vor noch weit längerem auf Nimmerwiedersehen weggegangen, und das war jetzt die letzte Saison, daß er hinter der Theke stand und daß es überhaupt dieses Lokal gab. Und das nächste Jahr würde er nicht mehr erleben.

»Sooft ich bei ihm eintrat, stand der Wirt, statt hinter seiner Theke, mitten im gekachelten Raum, zu dem es ein paar Stufen hinunterging, in einem schwachen Neonlicht. Und erst wenn er mich als einen Gast erkannte, schlupfte er durch ein Schankloch, tief gebückt, in seinen Bezirk. Und er tat genausowenig wie ich je den Mund auf. Anzubieten hatte er ohnedies nur ein einziges Getränk, das in immer den gleichen Flaschen von oben bis unten seine Regale füllte. Verschieden war nur, was er mir dazustellte an Imbissen. Aber nach diesen, den Oliven, den Pistazien, den im Nu von ihm gebratenen Zwergtintenfischen, den Rebhuhneiern, den Flußkrebsen, den Pilzen – von mir gebracht, von ihm stumm zubereitet –, brauchte ohnedies nicht gefragt zu werden; was er servierte, lag allein in seiner Macht! So standen wir, die Theke zwischen uns, immer nur zu zweit und schauten in der Regel aneinander vorbei, wobei er meine Anwesenheit benutzte, um zu essen und zu trinken wie ich, das gleiche, und im gleichen Rhythmus. Die Haare ragten ihm starr und steif und sehr hoch vom Schädel, und ebenso aus den Ohren und Nasenlöchern. Die Thekenplatte war aus einem dicken weißen Marmor, darin eine Stelle in flacher Schüsselform, wo immer Wasser war, und immer ganz klares, ohne Abflußloch: In dieser Mulde wusch er sofort nach dem Gebrauch die alterstrüben Gläser, jedes für sich, nach dem Ausschöpfen der Mulde, in frisch zugeführtem Wasser. Und am stillsten war es in dem rincón, wenn alle die sehr kleinen und feinen Gläser gewaschen auf dem Marmor gereiht standen, die Mulde daneben neu mit Wasser gefüllt, alles andere weggeräumt, keiner von uns beiden mehr trank oder aß, wir vielmehr gemeinsam auf die sauber gereihten alten Nippgläser und das bißchen Wasser, das so klare, in der lochlosen Vertiefung blickten, diesen runden Miniaturteich mit dem hellen Marmorboden, so wie vielleicht zur gleichen Zeit in einem fernöstlichen Tempelgarten ein Besucher und ein Mönch auf einen Felsblock inmitten eines leeren, nur langwellig gerechten Sandbeets blicken, welches zum Beispiel das japanische Meer darstellt.«

An einem Morgen kam mein Erzähler zu wieder einer Stadtrandsiedlung, wie sie sich rundherum in kurze Sackgassen-Schluchten hineinzogen und rechter- wie linkerhand die Felssteppenhügel hinauf. Und wieder die allgemeine Kleinheit der Häuser, eigentlich gemauerten Hütten: wo dazwischen und dahinter Wände von Felsen hervorkamen, waren selbst die geringeren von ihnen höher als die der Behausungen.

Nur eine der Straßen, die in die Siedlung führten, war bis ganz oben hin befahrbar; die anderen gingen bald über in steile Stufen.

An den verschiedenen Stufenniveaus standen hier und dort, zwischen den Kleinbauten gut sichtbar, ein paar Autos, nicht viele, und es war eher, als ob sie, eins über dem andern, auf dem Steppenhang thronten, mit dem einen haushohen wie -langen Wagen ganz oben, schon jenseits des Stadtrands, auf einem Felsvorsprung, als dem Anführer- oder Häuptlingsgefährt.

Als mein Erzähler nun, ganz gegen seine Art, in einen Lauf fiel, obgleich nur für ein paar Schritte, wußte er, was er tat. Die unteren Hütten hatten meist noch Bänke davor, und wenn sie, gegen Sonnenaufgang gerichtet, ausnahmsweise einmal nicht besetzt waren, so zeigten doch in die Außenmauern eingefügte Stromzähler, in einem Glaskästchen, die Anwesenheit von Bewohnern an, und zwar solchen, die offensichtlich drinnen nicht nur so hausten, vielmehr wirtschafteten und werkten: die Umdrehungen der Zählscheiben da waren fast sämtlich ziemlich schnell, und einige flitzten und rasten sogar.

Je höher er dann aber siedlungsaufwärts stieg, desto langsamer rotierten die Scheiben. Wo anfangs oft nur das einheitliche Blitzen des um sich selbst kreisenden Metalls gewesen war, da wurden jetzt auch die bemalten Stellen daran sichtbar. Einige Scheiben in den hanghöheren Vitrinen standen, ohne Bewegung. Und diese Reglosigkeit nahm hügelauf stetig zu. Auch waren an den meisten dieser Häuser die Läden heruntergelassen, und kaum ein Schornstein rauchte.

Seltsam dieser Stillstand der Metallscheiben in der Morgensonne. Dabei gab es auch hier oben, zwischen den mehr und mehr Felsen, noch Laternen, sogar an ziemlich neu glänzenden, die Häuser um einiges überragenden Masten, und dicke Stromkabel, mehrfach gebündelt, hingen kreuz und quer, das nichtigste Bauwerk überreich davon bedient. Zugleich wirkten die meisten der Häuser, wenn zwar verlassen, für den Tag oder auch für länger, so doch gar nicht verwahrlost. Eines, fast schon oben am Siedlungsschluß, stand zum Verkauf ausgeschrieben, und war zum sofortigen Einzug bereit. Seitwärts davon, über seiner flachen Dachlinie, stiegen gerade Kinder, in einer Reihe, beim Spielen die da bereits völlig leere Hügelsteppe hinauf, vor dem Hintergrund des Frühhimmels zu sehen. Ihre Haare hatten, ebenso wie das hohe Savannengras auf dem Hügelkamm, einen helleuchtenden, heller- als strohgelben Saum.

»Hätte das Haus einen Ausblick auf die Steppe gehabt, ich wäre noch am selben Tag sein Käufer gewesen. Aber alle Fenster gingen natürlich zu der Stadt auf dem Kliff.« Und nach einer Wegkurve stieß er auf die ersten Ruinen. Hier gab es unversehens nicht nur keine Stromzählluken mehr, sondern auch keine Türen und Dächer. Kleine Bäume wuchsen in den zerbröckelten Gevierten, fast immer Feigen; an deren Fuß, im Schutt, Matratzen und bodenloses Kochgeschirr. Aber immer noch konnte daneben ein Stück Gemüsegarten sein, trotz der Abschüssigkeit gut in Blüte oder Frucht, oder ein überlaufenes Hühnergehege.

Erst danach folgte, in der Siedlung das letzte vom Letzten, steppauf ein Gebilde, das weder mehr für gleichwelche Haustiere noch eine Pflanzenzucht in Frage kam, und nicht einmal als eine Gartenwerkzeugsablage. Es war das eine Art Verschlag, ein ziemlich großer, den Hangvorsprung, auf dem er sich befand, teils ein wenig überlappend. Trotz dieser Größe machte er dabei den Eindruck, er sei ohne Innenraum, eher bloßes Gestell als Verschlag; es sei da nirgends ein Platz gelassen, weder für Geräte noch Vieh, und schon gar nicht für einen Menschen. Zwar gab es eine Tür, wie alles an dem Gebilde aus Holz, offensichtlich von überall und weither zusammengetragenem, sogar mehrere Türen. Aber diese standen, nein, lehnten eine hinter der andern, und schöbe oder höbe man eine weg – das war die einzige Möglichkeit des Öffnens –, käme gleich die nächste dran, undsofort, bis man am Ende des Türwegschiebens eben, statt in einem Innenraum, wieder draußen im Freien wäre.
Und ebenso wirkten die sogenannten Wände:

als seien das, bis zur Hinterwand, nichts als aufgetürmte und dicht nacheinandergestaffelte Holzstapel, zum Beispiel aus Bestandteilen der Ruinenhäuser unterhalb, als Material auch ausgediente Fensterkreuze, jedoch nicht als Licht- und Lufteinlässe da angebracht, sondern schiefgestellt oder flachgelegt, mit Balken und Brettern verstopft, und all dieses Zeug eben in die Kreuz und die Quer, so daß in einem etwaigen Innern Platz höchstens vorstellbar ist für ein Ratten- oder Mauseloch.

Unbegreiflich dieses Gebilde zuoberst in der Felsensteppe. Was ist es? Was soll es? Am ehesten noch ähnelt es einer Barrikade. Nur daß diese Barrikade, als das einzig Geformte, den einzigen Formteil an dem zusammengetürmten Bretter- und Plankenhaufen, obenauf ein Geländer, eine Art von Balustrade oder Galerie hat. Eine Barrikade mit Auslug? Sonst aber nichts: kein Rauchabzugsrohr, keine Regenplanen, kein Salatkopf.

Und das ist jetzt schon um einiges jenseits der letzten Siedlungslaternen und Stromkabelstränge. Und dabei führt die befahrbare Straße fast bis hierher, und nicht weit von der scheinbaren Barrikade parkt jenes hauslange Auto, beinahe schon ein Bus, wieder ein Santana-Jeep, freilich ein entschieden größerer als der beim Überholtwerden damals auf der Herfahrt, und bei diesem sind auch die Scheinwerfer mit einem Gitterwerk geschützt gegen die Steppensteine.

An dem leeren Wagen vorbei und an den Holzvorsprüngen – nirgendwo eine Leiter – hinauf zu dem Geländer gehangelt. (»Zuvor bin ich allerdings noch ein paar Schritte rückwärts gegangen«, erzählte er. »Wie bei solch einem Rückwärtsgehen die Welt in Bewegung gerät, so wie beim Vorwärtsgehen nur manchmal in der Kindheit!«) Und von der Balustrade zeigt sich nun doch unten in dem Verschlag oder Gestell, über eine Innenleiter erreichbar, etwas wie ein Raum oder Gehäuse. Nicht hinuntergeklettert, nur da, oben auf dem Bauch liegend, lange hineingeschaut. Ein Bett, eher ein Notlager, unten zwischen den Hölzerwirrwarr gezwängt. Immerhin eine Decke, an diesem Morgen erst zurückgeschlagen; sonst nichts, und wieder nichts, als ein äußerster Gegensatz zu der Siegerin-Pracht in dem Wasserscheidenhaus; und, im Augenblick, auch niemand.

»Hat sie so ihren Mann betrauert?« fragte ich. »Oder für etwas büßen wollen?«

Von meinem Erzähler keine Antwort, oder dann diese: »Während meiner Zeit so unterwegs bin ich oft – etwas, das ich sonst noch nie von mir sagen konnte – einsam gewesen. Einmal habe ich von einer Bartheke ein Stück Brot mitgenommen und eine Zeitlang mit mir herumgetragen, weil es nach dem Parfum einer Frau roch, die es wohl aufgeschnitten hatte. Oder ich habe auf der Straße die Nähe der Betrunkenen gesucht, nur um im Vorbeigehen vielleicht ein wenig von ihnen gerempelt zu werden. Und irgendwelche Ladentüren habe ich jeweils genau an derselben Stelle aufgestoßen oder -gezogen wie mein fremder Vordermann. Und im Badezimmer der Herberge habe ich mich abgetrocknet nicht in dem sauberen

Handtuch, sondern im vom Vorgänger gebrauchten, das in einer Ecke lag. Und als Zukker zum Kaffee habe ich in den öffentlichen Lokalen immer die Würfel genommen, die schon ausgewickelt und angebrochen waren. Aber diese Einsamkeit dort in dem Verschlag! (Nein, es war doch mehr eine bewohnte Barrikade.) Die ›Siegerin‹! Aus meiner Lektüre der mittelalterlichen Epen weiß ich ja, daß derartige Bezeichnungen oder Namen oft das Gegenteil sagen. Eine ›Siegerin‹ ist also von vornherein eine ›Verliererin‹. Das Geheimnis der Epen ist freilich, daß, geht das Abenteuer endlich einmal gut aus, die ›Verliererin‹ dann tatsächlich zur ›Siegerin‹ wird, wie nur je eine. Sie hat so geheißen, damit, oder weil, sie das in Wirklichkeit werden konnte, oder sollte. Siegerin zu werden war für die jetzige Verliererin Bestimmung! Und dazwischen spannt sich vielleicht das Abenteuer.«

Er sprang von dem Verschlag. Wind kam auf. Es war etwas zu machen! Er mußte ab jetzt bei der Sache bleiben, jeden Augenblick, oder, wie er als der Geruchsmensch sagte, »alle Nase lang«. Dranbleiben wozu? Um etwas zu entdecken, oder wiederzuentdecken.

Am selben Tag begegnete er zum letzten Mal in seiner Geschichte dem Dichter und dem Sportshelden.
Jenes Santa Fe, zumindest in seinem größeren Unterteil, war eine üblich laute Stadt. Aber noch nie hatte er da ein Schreien gehört, nicht ein solches wie das jetzt. Kinder, Fußballzuschauer, Kraneinwinker, Losverkäufer, überhaupt Rufer, schrieen anders. Es war gegen Mittag, und er ging gerade, in einer eher abseitigen Gegend, an der verlassenen Stierkampfarena vorbei, die erst im nächsten Jahr wieder benutzt werden würde, denn die einzige jährliche Corrida hatte hier schon im Frühsommer stattgefunden; die Feriaplakate vom Juni wirkten jahrzehntealt. Und das Geschrei kam von draußen, von einem Niemandslandzwickel zwischen Straße und Arena-Krümmung, auf der ein wenig vernachlässigten Seite der vor

allem im Sommer nach Möglichkeit gemiedenen Sonnentribünen; immerhin waren da für den Spätherbst noch Motocrossrennen und Musikkonzerte angekündigt.

Auf diesem Vorstreifen, übersät mit an einzelnen Disteln haftenden Plastik- und Papierfetzen, standen seine zwei Gefährten zusammen mit einem jungen Mann. Er war es, der schrie. Mehrere andere junge Leute hielten sich in Entfernung. Immer wieder hatten sich während der letzten Wochen welche gezeigt, die im Freien aufeinander losgingen, für den Augenblick ernsthaft, im Handumdrehen aufgelöst in einem Scheingefecht: das war landesüblich. Hier nun war es ernst, sichtbar an der Art, wie der Bursche vor den beiden hin- und hertänzelte, und hörbar an seinem Schreien, eher beiseite gerichtet. So hatte er in seinem Leben noch keinmal geschrieen. Bisher war von ihm, im Vorbeigehen auf der Straße, jahrzehntlang höchstens ein Murmeln, ein unverständliches, gekommen, manchmal ein Ausspucken. Jetzt aber war der Moment, und er stieß seine

Kriegsschreie aus. »Töten! Ich werde euch jetzt töten.« Endlich waren die beiden also doch noch erkannt worden, wenn auch auf eine andere Art, als sie es vielleicht erwartet hatten.

Gestalten wie der Bursche da waren in der jüngsten Zeit immer häufiger aufgetaucht. Obwohl jeder jeweils für sich, höchstens zu zweit, herumging, bildeten sie inzwischen auf den Avenuen, aber auch Steppenpfaden, neben- und hintereinander, eine ganze Masse, der gegenüber die übrige Bevölkerung des Landstrichs zusehends als eine Minderheit erschien.

Draußen im Freien behaupteten diese manchmal gar nicht so Jungen mehr und mehr den Vordergrund. Die zentralen Plätze, die Brücken, selbst die Eingangstore zu den öffentlichen Gebäuden waren schwarz fast nur von ihnen. Durch die anderen Passanten schauten sie durch, und gaben ihnen auch keine Antwort, weder auf einen Gruß noch auf die einfachste

Frage. Untereinander blieben sie ebenso stumm, oder verstummten, sowie ein nicht zu ihnen Gehöriger in ihre Nähe kam.

So zeigte sich, daß sie doch schon auf eine Weise zusammengehörten. Es war, als lehnten sie die übliche Sprache ab, taten sogar, als verstünden sie diese nicht. Sie hatten eine eigene Sprache, und mit dieser wollten sie unter sich bleiben. Unter sich bleiben hieß, daß in ihrer Gegend – und es war ihre, höchsteigene, Gegend, bildeten sie da nicht offensichtlich längst die große Mehrheit? – niemand und nichts anderes gelten sollte als sie und ihre Sprache, damit verbunden auch ihr Anspruch auf das Landeigentum und die Herrschaft hierorts, die sie sich kurzerhand nehmen würden, und zwar möglichst bald. Daß sie öffentlich in die Luft schauten, wirkte als eine Übereinkunft. Und nie, selbst bei den Tag für Tag neu zu ihnen Stoßenden, das kleinste Mienenverziehen, und schon gar kein Lächeln, weder zum Neben- oder Hintermann noch für sich oder in sich hinein.

Allein als Zahl wirkten sie verbunden. Doch war jeder einzelne bereit zum gemeinsamen, augenblicklichen und auf bisher noch nie erlebte Weise gewaltsamen Umsturz. Dieser und jener trat schon auf den Straßen als eine Art Herausforderer auf. Nicht daß er sich den andern, den anscheinend immer wenigeren andern in den Weg stellte. Es war fast nur die Weise des Gehens, die aufreizen sollte, ein wie knieweiches, knochenloses Dahingeschlender, ein Schleichen, ein zur Schau getragenes Abwesendsein, und dann ein Losstürmen, zum Schein auf einen zu und dann knapp vorbei, mit den Blicken ins Leere.

So verformt zeigten sich diese Herausforderer, daß oft nicht zu unterscheiden war, ob es sich um Männer oder Frauen handelte. Am ehesten hatten sie in ihren nachlässigen Bewegungen etwas von frühzeitig gealterten Weibern, die sich eigens noch älter und häßlicher und unförmiger machen, als eine Schmähung ins Gesicht der Welt – und die dann plötzlich, mit dem andern auf Augenhöhe, mit einem Ruck, in Blitzesschnelle, sich straffen zu einem Killerkommando.

Und der Dichter, der nicht davon lassen konnte, sich einzumischen, wenn ihn etwas, so oder so, aufregte, war nun einem dieser Herausforderer in die Falle gegangen. Wahrscheinlich, daß er den Burschen ohne einen Hintergedanken zur Rede gestellt hatte, daß dessen Absichten oder Ideen ihm unbekannt oder gleichgültig waren, daß ihn einzig das Äußere und die Gangart des entgegenkommenden Unbekannten so aufgebracht hatten, auf diesen loszuschmähen, in einer Sprache, und mit Wörtern, die der Beschimpfte nun doch verstand, im Hand- und gleich auch noch Armumdrehen.
Was dabei deutlich wurde: der Dichter war völlig außerstande, sich zur Wehr zu setzen. Er konnte nicht tätlich werden, und war auch noch nie tätlich geworden. Wie man im Traum vielleicht auf jemanden losschlagen will, wobei dann aber die Schläge kurz vor dem Körper des andern ihre Kraft verlieren und höchstens als

schwache Berührungen ankommen, so ging es ihm dort in der Wirklichkeit. Bemerkenswerter noch, daß selbst der Olympiasieger, bewandert in vielen Sportarten, unfähig zu dem kleinsten Handgreiflichwerden war, und das nicht wegen seiner etwaigen Betrunkenheit jetzt: auch er hatte sich noch nie gewehrt, auch er war wehrlos, und das von Kind auf. Und er war es, an dem der Schläger gerade Maß nahm.

Dieser hatte kein Messer. Doch eine Extra-Waffe war, wie er, inzwischen völlig stumm, ohne Schreien, an dem Sportler vorführte, gar nicht nötig: die angedeutete, sehr rasche Folge von Schlägen würde mit dem einen enden, der tödlich wäre. Der Bursche, der bei näherem Hinschauen ein faltiges, ältliches Gesicht hatte, stachelte sich, die Schlag- und Totschlagspantomime gegen den stocksteifen Sportler beschleunigt wiederholend, zusehends auf zur Exekution, an dem ebenso starrgewordenen Dichter daneben.

»Ich merkte: Meine Geschichte stand auf dem Spiel«, sagte mein Erzähler. »Und es lag mir an meiner Geschichte – und wie! Hätte ich weiter bloß zugeschaut, wäre es aber um sie geschehen gewesen, auch alles Vorangegangene nichtig. Dasselbe galt für den Fall eines Kehrtmachens, Weitergehens, Woandershinschauens. Und ich wollte mir meine Geschichte nicht nehmen lassen. Das durfte nicht sein! ›Nein!‹« Es war das erste Wort, das seit langem aus ihm herauskam, fast unhörbar, zwischen den Zähnen. Und dann sagte er noch, ebenso: »Ruhig, Herz.« Und das Herz beruhigte sich. Das gab es.

Sein Leben lang hatte er sich nirgends zur Wehr gesetzt; war unfähig, oder eher nicht willens, zur Gegenwehr gewesen. Seine einzige Art, sich zu wehren, war die Ruhe; die Ruhe selbst zu werden. Und jetzt rannte er den Burschen, der gerade vor seinen beiden Opfern, in immer kleinteiligeren Luftfinten, hautnah an den Köpfen und Hälsen, den Anlauf nahm für seine zwei Genickbrechschläge, einfach nieder, und der andere fiel gegen die Arenenmauer und stand nicht mehr auf. Auch das gab es.

Und die Zuschauer ließen die drei dann ohne weiteres miteinander weggehen, einige sogar wie einverstanden mit dem Geschehenen; als sei es ohnedies noch nicht der Moment gewesen für solch einen alles Weitere auslösenden Gewaltakt, noch zu früh für den Ausbruch des Kriegs in dem Land. Und das Auto des Fahrers stand gleich um die Ecke. Auch das gab es. Und jetzt erst das Zittern, allgemein – nur er nicht. Die Ruhe blieb.

Daß er sie dann nach Hause schickte, wieder stumm, mit einer herrischen Geste – die Wagenschlüssel, die seinigen, dem Dichter in die Finger gedrückt und die Richtung gewiesen –, war wie jene Ohrfeige gegen seinen Sohn, damals, nachdem er ihn aus der Polizeiwachstube geholt hatte (dort war er, der Vater, um ein Haar auf den Handschellenpolizisten losgegangen).
Die zwei Kumpane gehorchten. Vorher aber tranken sie alle noch ein Abschiedsglas in der Herbergsbar. Mit einem Mal hob der ehemalige

Olympiasieger dort an – es war tatsächlich ein Anheben – zu einem Singsang: »Das Stinken daheim im Stall. Die Milch in den Mist gestoßen von der wahnsinnigen Kuh. Die Mutter gestorben vom Schlag des Pferds gegen die Brust. Die Funken aus dem Sägemehlofen im Dorfkino über die Leinwand gestoben. Unter die Röcke der Lehrerinnen geschaut. In den Bombentrichtern Himmel und Hölle gespielt. Im Bett sich ausgestreckt und in die vom Vater ans Fußende da ausgelegten Brennesseln gefahren. Der Nachbar herumgetrampelt vor dem Haustor auf dem eigenen Sohn. Als Rekrut im Maisacker geschlafen. Die Funken von den Schikanten durch das Fernsehbild gestoben. Der Bruder verschollen in Kanada. Die erste Liebe verheiratet mit einem Heiligen der Letzten Tage. Den Schnee von Japan verglichen mit dem in Südamerika. Das Bein gebrochen beim Nachtriesentorlauf. Der Vater nun auch schon vor langem gestorben. Die Schwester nun auch schon vor langem gestorben. Die Funken von tausend Pferdehufen über den

Friedhof gestoben. Von der Hand der letzten Liebe an der Wohnung die Schlösser ausgewechselt. Die Kurve nicht mehr gekratzt. Die Medaille nicht bloß einmal verkauft. Mich fallen lassen. Aber bis jetzt noch jedesmal nach Hause gefunden. Und die Funken im Dunkeln über die Leinwand gestoben. Und in der Sommerdämmerung bei den Fledermäusen gesessen. Und in den Winternächten mit den Freunden gesessen. Und bei Zuhause oder Daheim weder den Ort noch das Haus, sondern die Wege über die Felder im Sinn gehabt.«

Er gab dem Fahrer die Hand, und der Dichter, diesen ohne ein Blinzeln ins Auge fassend, so als wüßte er wieder zumindest einiges von ihm und seiner Geschichte, stand auf und sprach: »Sie ritten vom Morgen bis zum Abend, immer geradeaus. Ständig flogen Schmetterlinge vorbei und scheuchten sie aus ihren Hintergedanken. Eine Grille saß am Eingang ihrer Höhle als die Pythia. Die Lösung konnte nicht aus einem absichtlichen Nachdenken kommen, sondern aus einer ganz anderen Richtung. Es gab, im Unterschied zu der Zeit der Könige, keine Instanz mehr. Warum nur gab es keine Instanz mehr? Noch nie, in keiner Jahreszeit, war er so einsam gewesen. So dichten, wie Bergsteiger miteinander reden, während sie am Seil hängen! Ah, geboren in Österreich! Aber wer konnte denn sein ganzes Leben in Grausen und Angst leben? Laß endlich dein Herz bluten und rede! Wie dumm war ein Kopf nur als ein Kopf, wie groß auch immer – je größer, desto schlimmer. Sohn eines Königs darf nicht allein reiten. Die Dame saß in zwei Lanzenlängen Abstand. Frau ohne Namen kann nicht geheiratet werden. Und keine Tür wurde abgeschlossen in der ganzen Stadt während ihrer Hochzeit. Aber niemand wußte, daß er noch viel weiter zu reiten hatte. Die unvergleichliche Einsamkeit einer stolzen Frau! Und bald waren beide in ihrer Erschöpfung zu Hause. Keine Tränen, Held unserer Zeit: wenn du weinst, bist du endgültig verloren. Eine Liebe ohne Furcht und Schrecken ist ein brennendes Feuer ohne Wärme. Im Bauch, Ritter, platze dir dein Herz.

Und Aaron schlage seinen Stab dagegen, und es werde zum Felsen – Moses breche sein Gesetz neu aus diesem Felsen. Man muß alle Straßen reiten, oder das Abenteuer wird nie zu Ende gebracht. Und am Hof des Königs muß man warten. Das Schönste aber, was ihnen am Ende zustieß, war ein schöner Empfang. – Mein Platz: mit dem Gesicht nach unten. Es wird der Wind sein, und ich werde nicht mehr sein. Im Grunde war bis jetzt fast ein jeder Tag meines Lebens eine Schmach und eine Schande – nur auf die durchwachten Nächte bin ich stolz. Der Tintling liegt in seiner Tinte, der Bluter liegt in seinem Blut. Wie hoch der Baum war, wurde erst spürbar mit dem Menschen oben in seiner Krone.« – Und auch von dem langjährigen Dichter bekam er darauf die Hand gereicht.

Er gab den beiden noch Geld und schaute zu, wie sie in seinem Auto abfuhren, der Dichter am Steuer, mit einem Satz, dann einem zweiten. Und am selben Nachmittag brach er selber auf in die Steppe am Ende der Straße. Schon vorher hatte er tagsüber ja weite Bögen dort hinaus gemacht, war nur gegen Abend jedesmal in die Stadt zurückgekehrt. Nun war das Band, das ihn jeweils heim nach Santa Fe gezogen hatte, gesprengt, und es ging ganz woandershin. Und zum ersten Mal in seiner Geschichte war auch die Himmelsrichtung klar: nordwestwärts.

Gemäß Kalender in der Herberge sollte es Neumond sein. Im Firmament aber zeigte sich, am noch hellichten Tag, eine Sichel; der Kalender war der vom vergangenen Jahr.

Energisch ging mein Erzähler erst einmal weg von der Menschenwelt. Energisch ging er hinaus in die Steppe. Tausend Straßen mußt du reiten, oder dein Abenteuer wird nie zu Ende gebracht!

4

Wie schon bei seinen Probegängen nahm er, kaum zu den Häusern hinaus und im Grasland, die Sonnenbrille ab, nicht nur, weil hier das Licht weniger scharf war als zwischen den meist weißgekalkten Häusern: auch wirkten die Einzelheiten draußen so ganz anders auf ihn ein. Keinen Augenblick, selbst am grellsten Mittag nicht, benützte er in der folgenden Zeit die dunklen Gläser. Hatte er im übrigen nicht jeden Schritt jetzt schon einmal unternommen, genauso. Oder waren das seine Vorfahren gewesen? Welcher? Der König Gilgamesch, der Steppenläufer? Und zugleich, wie jedesmal bisher, wenn ihm war, er habe das und das schon einmal erlebt, schien es, als drohe damit eine große Gefahr.

Noch war die Stadt in seinem Rücken ganz gegenwärtig, Kräne, Motorsägen, Pflasterrammen. Doch mit dem ersten Schritt von dem Asphaltstraßenende hinein in die Savanne spielte da eine verschiedene Geräuschwelt mit. Die Schritte selber wurden, wie an einem Kipp-Punkt oder an einer Art von Geräusch-Scheide, unvermittelt fast unhörbar, waren jedenfalls nicht vordringlicher als die tausend anderen Geräusche in dem Gras – so als habe man sich im Gehen die Schuhe ausgezogen.

»Gras« und »Grasland« trafen dabei gar nicht zu. Mehr denn aus Gräsern bestand diese besondere Hochlandsteppe – aber jede Steppe war doch eine besondere? – aus spätsommertrockenen Kräutern und Disteln, und zwischendrin kam überall eine ziemlich lockere Erde durch, die etwas von einer Schutt- und Asche-Ablagerung hatte; oder jede Steppenstelle erinnerte an einen verschütteten Weg. Wirklich schauten dann noch bis weit in die Raumtiefe Glasscherben, Porzellansplitter, Flaschenkapseln und dergleichen aus dem Boden. Ein einzelner Nußbaum wuchs, mit angeplatzten Schalen, in die er hineingriff, für ein wenig erste Wegzehrung. Grau war die vorherrschende Farbe der Steppe, silberschleiergrau. Und ein Geruch stieg davon erst auf, sowie er mit den beiden freien Händen da hineingriff, in die grauverblühte Kamille, die Anisstauden, die ebenfalls grauverblühten Lavendelbüschel. Doch der Nachgeruch hielt noch an, als er mir dann im folgenden Winter seine Geschichte erzählte.

Eine ganze Zeitlang ging er in der Steppe wieder rückwärts, mit ein paar Abschiedsblicken auf die Nachtwindstadt. Weniger die Häuser dort waren ein Gegensatz zu der Umgebung hier als die auf einmal besonders grünen Säume der unten ineinandermündenden Flüsse, mit den Gemüsegärten und den Pappelauen. Ohne die Sonnenstrahlen in den hohen Pappelspitzen – die einzigen Stellen, wo in der Unterstadt noch die Sonne hinreichte – wäre ihm der Bezirk in einer einheitlich düsteren Dämmerung erschienen. Ein fernes Hämmern vermehrfachte sich durch die Echofelsen, wovon ein Widerhall wie ganz aus der Nähe kam, während das alles zusammen sich anhörte wie Muezzinrufe von den Minaretten der Stadt, vielen, sehr vielen. Zugleich unter seinen Rückwärtsschritten das Auseinanderspritzen von Myriaden grauer Heuschrecken, ein Wegschnippgeräusch wie beim Schneiden von Fingernägeln.

So! Auf! Er drehte sich um einhundertachtzig Grad. Er war doch in der Steppe, um von dort etwas mitzubringen. Wem? Gleichwem. Nur etwas mitbringen. Immer noch trug er sein inzwischen bleichblaues Arbeitsgewand, weit der Blouson und die Hose. Dazu band er sich jetzt gegen die Sonne ein Tuch um die Stirn. Beim Straffziehen gingen die Brauen mit, und es war, als würden ihm so auch die Augen gestrafft. Und tatsächlich sah er schärfer. Obwohl der Ozean fast tausend Steppenmeilen entfernt war, stieg vom nächstgelegenen Horizont Meeresbläue auf.

Er ging bis zum Abend, ohne daß ihm ein Abenteuer begegnete, nicht einmal ein größeres Tier. Das größte war der über ihm in

Spiralen savannenwärts ziehende Adler, die Schwingen zwei fastaufgeklappte Messer, in seinem Schlepptau eine Zeitlang noch eine Schwadron tiefschwarzfunkelnder Stadtfelsendohlen, die, während der Adler höchstens hier und da einsilbig voranblökte, rhythmisch ihre Schreisalven durch den Luftraum gellen ließen, ein Peitschenknallen im Chor, zu seinen Häupten.

Er aber blickte eher geradeaus, und am ehesten zu Boden, auf der Suche nach speziellen Steppenpilzen, möglichst bitteren – wenn er ein Spezialist war, dann für Bitterpilze –, für sein Pilzbuch, das er nach seiner Rückkehr endlich fertigschreiben wollte, doch auch, weil ihm so vorderhand wohler war. Er schaute auf oder wendete den Kopf fast nur, wenn er in der großen Prärie, fern von den Straßen, das Geräusch eines Autos hörte (nur ein sehr empfindlicher Wagen hätte da eine regelrechte Straße gebraucht). Es fuhren während der ersten Gehstunden immerhin ein paar an ihm vorbei, in mehr oder weniger großem Abstand, und ein jedesmal war es wieder eines dieser Santana-Geländefahrzeuge, von denen es wohl unerschöpfliche Größen und Formen gab. Später merkte er, daß solch ein sorgloses Dahinrollen durch die Steppe ein bloßer Schein war: die Lenker hatten zu achten auf die von den sporadischen Bächen geschaffenen, mancherorts schluchttiefen Klüfte im Erdreich, sie zu umfahren, so wie er sie umging.

Nicht dagegen schaute er sich um, wenn, wie in der ersten Stunde noch, Läufer ihm jäh ins Genick keuchten; anfangs versucht, vor ihnen, wie sie, den Schritt zu beschleunigen, verlangsamte er diesen dann. Und er hob den Kopf auch nicht für die in der Regel im Schock über die Szene stürmenden panzerfaustbreitbereiften Quersteppeneinradfahrer, denen jeweils schon von weitem ein Schreien und Krachen durch das inzwischen baumlose Grasland vorausging und die seine hartnäckigsten Wegbegleiter blieben, noch bis hinein in die Gebiete mit nichts mehr als allseitigem Grillenzirpen: brauchte nicht auf ihre behelmten, vermummten Gesichter und ihre in Stromlinienform zurück zur Natur schießenden Gestalten zu blicken, unter deren Rädern, was auch immer da leibte und lebte, auseinandersplitterte, entwurzelt wurde, zerquetscht wurde oder seinen vielleicht gerade erst gebildeten Keimboden verlor. Und sichtlich hielt jeder von ihnen sich dabei für die Verkörperung des Abenteuers. Dieses aber war nicht das von ihm gesuchte.

Vor Sonnenuntergang dann endlich mit der Steppe allein. Ein »größeres Tier« war zwischendurch doch einmal aufgetaucht: ein herrenloser Hund, der in einem Erdloch lebte und ihn, erst fletschend, dann seine Finger ablekkend, eine lange Zeitlang begleitete. Es wurde jetzt so still, daß er sich für die paar kaum wahrnehmbaren Laute, meist aus dem Erdinnern heraus, unwillkürlich die Hand ans Ohr hielt. Wenn ein Windhauch durch das dürre Wachstum ging, gab das ein leises Klingeln, wie beim Umblättern eines Dünndruckpapiers.
Ja, er war in der Gegend schon einmal unter-

wegs gewesen, vor sehr langer Zeit, und, das spürte er jetzt am ganzen Leib, nicht allein. Und nun brauchte er bald ein Quartier für die Nacht, sah aber, sich die Augen gegen die letzte Sonne beschirmend, sozusagen bis zum hintersten Wolkenschatten in der Landschaft, der Schatten dort so reglos wie auch die paar anderen, nicht ein einziges Siedlungszeichen. Und zugleich zeigte sich zu seinen Füßen, da im Weglosen, ein unter einer Brombeerranke fast verschwundener Steppenmeilenstein oder Wegweiser, dem gemäß es gar nicht mehr so weit war bis »Los Jerónimos«. Andrerseits: war er nicht schon vorher an einem Ortsschild vorbeigekommen, mit Namen »Los Lobos« (die Wölfe) – wozu dann aber der Ort fehlte, und ebenso an einem »Weymar« – danach nichts und wieder nichts?
Hier jedoch wurden jetzt Hahnenschreie hörbar, sogar etwas wie ein Truthahnkollern. Er ging darauf zu und kam in ein vorher verstecktes Tal, nichts dort als eine Kapellenruine und ein Garten mit Schuppen daneben. Noch gar

nicht so lange unterwegs, hatte er dabei schon in der Savanne einen anderen Gang bekommen, breitbeinig, die Innenseite der Füße leicht vorgekehrt, schneepflughaft. An dem Garteneingang schaukelte dann ein Igel vorbei, etwas lang nicht mehr Gesehenes, mit dem gleichzeitigen Sonnenuntergang jetzt, im Augenblick vor seinem Verschwinden auf einmal riesenhaft und urtümlich, »das größte Tier überhaupt meiner Reise«.

Zur Zeit, da diese Geschichte spielt, gab es in Europa wieder mehr und mehr Einsiedler. Ein solcher lebte auch in dem Steppental, und bei ihm fand der Erzähler ein Nachtlager. Er bekam zu essen und ein Bett in dem ausgedienten Wohnwagen hinter der Kapellenruine.
Keiner von den beiden hatte den Mund aufgetan, und erst am nächsten Morgen, beim Kaffeewasserpfeifen, wurde klar, daß der Steppeneinsiedler taub war. Meinem Erzähler fiel jetzt die Ähnlichkeit des Mannes mit seinem und meinem einst guten Bekannten, dem verschol-

lenen Salzburger Lehrer für alte Sprachen, Andreas Loser, auf. Ja, er war es. Aber sie taten voreinander, als kennten sie sich nicht – nur daß der Einsiedler unversehens mit dem »Blue Mountain«-Kaffee, dem aus Jamaika, herausrückte. So war demnach von uns dreien gerade der, der sich ein Weiterkommen vor allem durch Lauschen und Hören versprochen hatte, taub geworden, und gerade von der ewigen Steppentalstille?! Und das gerade in einem Landstrich, der »Sabana de la Sonora« hieß?

»Selbst von der einen Nacht dort«, sagte mein Erzähler, »waren mir die Ohren verschlagen, so lautlos verging sie, stumm selbst Hahn und Truthahn, und beim Aufstehen dann wollte ich mit einer Eisenfeile über die Klausenglocke fahren, um wenigstens irgend etwas zu Gehör zu bekommen.«

»Hat dieser Loser wenigstens, wie es sich für einen Einsiedler gehört, Ihrem Pferd das Gras gemäht?«

»Ja. Und im übrigen war es mir während der ganzen Steppenzeit tatsächlich so, als ob ich, zu Fuß unterwegs, ritte, im Galopp, hoch zu Roß.«

Was ihn beim Weitergehen zunächst störte, war, mit der östlichen Sonne im Rücken, vor sich ständig den eigenen Schatten zu sehen. Auch deswegen bewegte er sich zeitweise wieder im Krebsgang. Später aber betrachtete er in seinem Schatten die Einzelheiten am Boden, die sich so deutlicher abzeichneten. Und gegen Mittag war dieser ohnehin fast aus seinem Blick; ihn in den Augenwinkeln zu haben, war ihm jetzt willkommen, denn das gab in der, Horizont nach Horizont, eher gleichförmigen Savanne ein Gefühl der Fortbewegung und des unauffällig Begleitetwerdens.
So ging er in der Folge tagelang. Auf eine Ortschaft traf er dabei nie. Kein Tag aber, an dem er ständig allein blieb. Einmal sah er fernweg, gleichsam auf einer anderen Gehbahn der Steppe, eine Gestalt, die einen Karren zog. Diese bog ab zu ihm, und er hörte dann ein paar Takte wie von einer Flöte, nur schriller,

auch weitertragend, durchdringend, die Melodie unablässig wiederholt. Der Wanderer war ein Hausierer, der auf einem durchlöcherten Metallstift seine Gegenwart ankündigte, ihm sehr willkommen; die Schuhbänder, beide, inzwischen zerrissen. Auf dem Ziehwagen des Hausierers groß die Aufschrift ULTRAMARINOS, was eigentlich heißen sollte: »Waren aus Übersee«. – Oder der Hausierer kam auch bloß daher, um ihm die Schuhe zu putzen – aber wie!

An einem Nachmittag legte er sich für einen kurzen Schlaf in ein Präriestück bewachsen mit Schatten gebenden Rispen, und als er sich dann aufrappelte, sprang unversehens neben ihm etwas Schweres in die Höhe, mit Geschrei – wieder ein herrenloser, wohl schon als kleiner in die Steppe verschlagener Hund, der bereits vorher da gelegen und geschlafen hatte, einer so unbemerkt von dem andern, eine Handbreit nebeneinander im hüfthohen Gras, der Hund jetzt aber verängstigt aus seiner, wie es schien, angestammten Kuhle flüchtend. Und graue

Küken liefen einmal in der hauslosen Steppe ebenso vor ihm davon, erst gemächlich, und plötzlich beschleunigend, wie überstürzt dann wegpfeilend schräg in die Luft, ein ganzes Wachtelvolk, auf das zugleich, hier und dort wie aus dem Boden gewachsen, ein paar Jäger losballerten.

An einem Vormittag kam ihm ein Läufer entgegen, von woher?, der Stoff über der Brust ein einziger Schweißfleck, und noch um eins schneller unterwegs als sonstwo ein Läufer; machte dann hinter ihm kehrt, stellte sich ihm in den Weg und hatte ein Gewehr in der Hand, war freilich kein Jäger: auf ihn anlegend und entsichernd, beschuldigte er ihn, seine Frau vergewaltigt zu haben, er solle mit ihm kommen, zur Gegenüberstellung – Blick dann aber auf die paar Pilze in des anderen Handteller und wortlos weitergerannt, in eine ganz verschiedene Richtung nun.

Und einmal gegen Abend begegnete ihm eine kleine Gruppe, eine junge Frau auf einem Pferd, zu ihren beiden Seiten ein fast noch kindhafter Soldat mit ziemlich zerrissener Uniform und ein mittelalterlicher Mann in langem offenem Staubmantel, auf der einen Schulter einen kleinen, getigerten, gelbäugigen Wanderfalken, auf der andern, in die Mantelschnalle dort geklemmt, ein Packen Spielkarten, und er wurde gefragt, ob er vielleicht einen alten Mann gesehen habe, einen Verirrten, wahrscheinlich Verwirrten, einen, der beim Gehen in die Luft schreibe und ab und zu einen Hüpfschritt mache, grotesk in seinem Alter; schon seit Wochen seien sie auf der Suche nach ihm; aber ohne ihn, als Lebendigen oder Toten, wollten sie auch nicht mehr nach Hause. Im nachhinein, obwohl er auf ihre Frage bloß kurz den Kopf geschüttelt hatte und weitergegangen war, schien ihm dann, der Gesuchte sei ihm doch irgendwo untergekommen, und zwar gerade erst, und er grübelte in der Folge die ganze Nacht, wo und auf welche Weise: nein, gesehen hatte er ihn nicht, auch nicht gehört oder gerochen – das letztere wüßte er mit Gewißheit –, sondern? – Allein durch die Dring-

lichkeit wohl, die von dem kleinen Suchtrupp ausging, hatte er von dem Gesuchten eine Art von Phantombild.
Und nicht nur einmal, inzwischen schon tausend-mal-tausend Steppenschritte westwärts, vernahm er wieder die paar scharfen, weithingellenden Stahlstifttakte, und neuerlich bog der Ultramarinos-Karren mit dem Steppenhausierer ab zu ihm und bot ihm genau das an, was er gerade am nötigsten hatte oder am meisten wünschte, und wenn das jetzt ein Apfel und jetzt ein Wundverband war.

Er hielt sich möglichst geradeaus. Wenn er von seiner Richtung abkam, war es außer Frage, jemals kehrtzumachen, zurück an den Punkt des Abweichens. Es hieß, ständig nichts als weiter- und voranzugehen, selbst wenn auf diese Weise einem Wiederfinden der Richtung fast unüberwindliche Hindernisse im Weg standen. Einen Umweg – vielleicht (wenn er klein war). Aber keinen Schritt zurück – es sei denn, seine Art, vorwärtszugehen im Rückwärtsgang!

Und selbst die natürlichsten Umwege schnitt er manchmal wie blindlings ab. So rutschte er die Schluchthänge hinab, stürzte und überschlug sich, und nicht nur einmal. Fast wurde er süchtig nach solchen Momenten des immer rascheren Gleitens, wobei er dann unterwegs hier und da an einem vorbeisausenden Thymianbüschel roch, ein paar Brombeeren pflückte und in den Mund steckte, sich das Holzwurmmuster an einem entrindeten Ast einprägte.
Nichts Besonderes wohl, daß die Sinne von solchen Gefährdungen geschärft wurden. Nur wirkte das, und auch deswegen wich er ihnen keinmal aus, noch lange Zeit nach. Gerade der Schrecken, von dem er im Stolpern und Fallen nicht frei blieb, erweiterte ihm, der doch mindestens einmal am Tag matt geworden war vom Unterwegssein, jeweils die Augen, so daß er danach im Weitergehen auf sicherem Grund vor sich die Steppe mehr denn je in Breitwand aufnahm.
»So fehlte mir nichts«, sagte mein Erzähler. »Aber gerade, wenn mir nichts fehlte, fehlte

mir manchmal fast alles. Deshalb zog ich mit der Zeit solcher Auffrischung der Gegenwart und des Tags mittels der Schrecknisse jene durch etwas Grundanderes vor. Es fiel mir nämlich auf, daß ich angefangen hatte, dann und wann, wenn ich besonders erfüllt von dem war, was mir unterwegs begegnete, im stillen, unvorsätzlich, zu erzählen. Vielleicht niemand Bestimmtem – oder doch? –, aber sicherlich nicht mir selber. Solch ein Erzählen reichte so weit, wie eben die mich umgebende Steppe war. Und gerade durch den Gegensatz derartiger Augenblicke zu denen, wo ich in Gedanken ganz woanders war, mir Sorgen machte, mit mir oder der Welt haderte, oder, der schlimmste Fall, auch innerlich der Stumme war, ging mir das Bezeichnende daran auf: so wie ich unwillkürlich in ein derartiges Erzählen verfiel, war ich, selbst wenn dieses von Abwesendem und Entferntem handelte, eben gar nicht mit den Gedanken woanders, sondern nahm das Umland noch schärfer wahr als in und nach der Gefahr. Und wenn nicht schärfer, so farbiger und reicher. Innen und Außen durchdrangen einander, wurden, eins am anderen, ganz. Erzählen und Steppe wurden eins. Und so war man am Platz. Entdeckerisch wirkte ein derartiges Erzählen, schuf Übergänge, brachte zum Aufschauen, auch im Sinn einer Aufschau, Vogelschau, Adlerschau!«

Über Nacht blieb er einmal in einer Steppengarage, an einer der fragmentarischen Pisten gelegen, wo es neben einer Bartheke auch eine Bettnische gab. Ein andermal schlief er in einer von Wachtürmen und Stacheldraht umgebenen Garnison, wieder ein andermal in einem längst aufgegebenen kleinen Steppenbahnhaus, zwischen dem Gerümpel dort (das während der Nacht aber wieder heil wurde und seine früheren Plätze einnahm).

Er schlief jeweils fest und traumlos, wenn auch nur kurz. Eine unerhörte Ungeduld trieb ihn aus dem Schlaf, eine Ungeduld, weiter steppeinwärts aufzubrechen. Im Neumonddunkel lag er da und konnte nicht begreifen, wie lange es in dieser Gegend brauchte, daß endlich ein erstes Zeichen des Tags sich einstellte. Er verwünschte die über Stunden nicht sich verändernde, dabei so spürbar weiträumige, vielverheißende Finsternis. Wo blieben sie nur, das erste Licht und der erste Tagesvogel? Schluß mit dem Eulengebläse.

In jener Garagenkoje hatte er dann Licht gemacht, einen Fernseher eingeschaltet, versucht, eine ölverschmierte Zeitung zu lesen: aber die Zeitung mit Namen »Der Tag von Santa Fe« – immer noch befand er sich also in der großen Provinz der Nachtwindstadt – war vom letzten Frühjahr, und die Fernsehnachrichten waren die von vorgestern und übermorgen. Und das eine Mal, daß er, das Unterwegssein in der Savanne nicht erwarten könnend, sich schon im Stockdunklen aufmachte, hatte das schrittweise Sichvorantasten ihn so erschöpft, daß er dann den ganzen Tag nicht mehr recht die Augen aufbekam.

Statt der Ortsschilder, der schiefen, im Steppenschutt halb versunkenen (die Orte selber

ganz versunken), wie »Santa Ana«, »San Juan« oder »San Francisco«, hätte er sich mit der Zeit eines mit der Aufschrift »Santa Paciencia« gewünscht. Nie hätte er von sich gedacht, er könne es einmal müde werden, die Sternbilder zu betrachten, etwa das funkelnde, über den Himmel geschwungene des Jägers Orion, inzwischen, in Herbstnähe, wieder allnächtlich da: jetzt schaute er zu ihm nur empor, um diese sämtlichen Sterne, jene die Knie des Jägers, jene seinen Gürtel, jene seinen Köcher darstellenden, im Morgendämmern verblassen zu sehen – erst verschwand der Köcher, dann, Zeit war es, der erste der drei Gürtelsterne, und am hartnäckigsten hielten sich jedesmal einer der beiden Schultersterne und vor allem der mit seinem Geglitzer ganz zuletzt aus dem Tag weichende Kniestern Aldebaran. »Ach, endlich weg, der Himmel leer – Zeichen zum Gehenkönnen!«
Aber bei einem genaueren Hinschauen blitzte es von dem Jäger Orion, fast schon bei Tageslicht, noch einmal auf, sogar Gürtel und Kö-

cher sprangen wieder aus der Himmelshelle, und dann noch einmal, oder waren das nicht die schwarzen Nachbilder? Santa Paciencia!

»Immer neu aufregend war der erste Schritt auf den Steppenboden«, sagte er, »der Übergang von den betonierten, asphaltierten, gepflasterten, gestampften Flächen vor der Garage, der Kaserne, dem Bahnhof, der verlassenen Viehhürde hinüber und hinein und hinab und hinauf zu diesem Untergrund, wo sogleich das Federn einsetzte, das dem Körper so viel Lastendes abnahm. Wie leicht das dahinging, fast zu leicht. Auch deswegen habe ich mir Steine eingesteckt, und verstand nun besser den Dichter, der, sagte er einmal, so viel aß oder überhaupt zu sich nahm, weil er derart sein ständiges Aufgeregtsein – nicht loswerden, vielmehr mit Schwerkraft beladen wollte.«
Konnte es sein, daß solch ein Zustand noch verstärkt wurde von den Gerüchen, die ihm von dem Boden entgegenkamen, welcher der einer besonderen, aromatischen Gewürzstep-

pe war? – »Ja, aber diese Odorate waren keineswegs die Hauptverstärker. Gegen Ende des Tages machten sie sogar jedesmal Kopfschmerzen, nah an einer Übelkeit. Es gab davon eine solche Fülle und, von Pflanze zu Pflanze, eine solche Abgestuftheit, Verschiedenheit, zugleich Fein- und Feinstheit, daß ich mir vorstellte, es müßte aus allen zusammen eine Tinktur oder Essenz zu gewinnen sein, wie sie noch nie zu riechen und zu schmecken gewesen wäre und die ich unbedingt mit heimbringen sollte – Heilkraft auch schon daher, weil sie, ohne Geheiß oder Anstoß, zum tiefen Atmen führte. Als Essenz, in einem anderen Sinn, nahm ich an der Steppenpflanzenwelt mit der Zeit eher etwas ganz anderes auf: Es blühte da oder stand in Frucht ja nirgends mehr das, was, nachzuspüren an der Unendlichkeit der fahlgelb bis grau vertrockneten Bäusche, Kügelchen, Büschel und Strähnen oben auf all den hohen Stengeln, Stielen und Schäften, wohl noch bis tief in den Sommer hinein eine grundverschiedene Steppe ausgemacht hatte. Selbst die verwelkten Blütenreste und die Früchte waren meist schon zerstäubt, abgefallen und verweht. Von dem transhorizontalen Blüten- und Kleinfrüchte-Meer war übrig fast nur noch, was den Blütenblättern, den Staubgefäßen, den Stempeln und dergleichen Halt und Schutz gegeben hatte: einmal die Stengel, selbstverständlich, und dazu und vor allem die Kelchblätter, die leeren Böden und Stützen der Blüten, die leeren Fruchtkapseln und Schalen. Myriaden von kleinen bis kleinwinzigen, oft auch fahlbraunen und kalkweißen Blumen- und Fruchtskeletten ragten so steppenweit auf von ihren ebenso ausgebleichten überlangen Stengeln, mit einem ungeheuren Reichtum an allen möglichen Formen, Zylinder, Spiralen, Zahnräder, Waben, auch Dreien, Achten, Neunen an diesen Miniaturskeletten! Diese unendlich vielen und an Gestalt so unterschiedlichen Steppenpflanzen-Skelettchen waren es, die mich dort ansprangen als eine Essenz wie nur eine. Mir war, als habe man an solchen allerkleinsten pflanzlichen Skeletten eine ganze verschwundene und versunkene Welt und könne dieselbige daran neu studieren. Denn es war ja nicht so, daß ›verschwunden‹ da auch hieß: ›verduftet‹. Die leeren Lavendelskelette dufteten nach Lavendel, und wie. Die leeren Mohnkapseln dufteten nach Mohn, und wie. Die leeren Kümmelfruchtstände rochen stärker nach Kümmel denn je. Und dazu kam für mich eben noch jener andere Duft, der allein schon von den abertausend Leerformen ausging, eben die Essenz. In Anbetracht und im Inhalieren der Skelettchen – ja, ich spürte eine Art Zärtlichkeit für sie –, auch im Zuhören (dem Geklapper der Kapseln etwa), erlebte ich mein eigenes Knochengerüst mit, und ich kann nicht behaupten, daß es mich dabei gegraust hätte. Zu den Pflanzenresten gebeugt, erlebte ich für Momente eine Himmelfahrt, und wo fühlte ich diese? – In den Knochen. Und muß ich hinzufügen, daß noch nach jedem solchen Tag, abends dann in meinem Nachtlager, ich mich wunderte, wieder einmal lebend aus solcher todunheimlichen Steppe herausgekommen zu sein?«

»Und weil ich nun schon derart gewagt daherrede«, sagte der Apotheker von Taxham, »werde ich auch noch kurz von mir und den Steppenpilzen erzählen. Kurz: denn meine Pilzleidenschaft hat meine Frau von mir abrükken lassen, und ich möchte nun nicht auch noch meinen Schreiber verlieren! Bringen wir es hinter uns, damit wir in meiner Geschichte weiterkommen. Andrerseits will ich doch rasch anmerken, daß ich überzeugt bin, das letzte gemeinsame Gesprächsthema der Menschheit, außerhalb der aktuellen Zeitungs- und Fernsehthemen, das werden die verschiedenen Pilzsorten sein, das letzte, wo jeder miteinstimmen wird, selbst unter Grundfremden, aufhorchend, freundschaftlich. Vielleicht unser letztes heutzutage noch mögliches gemeinsames Abenteuer, auch weil es so schwer erzählbar ist. Dafür unerschöpflich. Wie die Steppe, die ebenso schwer zu erzählende, weil gegen die Bilder sich sträubende. Und mein Pilzbuch wird eines sein, bei dem die Leute ausrufen werden: Ja, genauso ist es, das habe ich auch immer gesagt! – selbst wenn sie es nie gesagt haben.«

»Und es war nun eben so, daß ich bei all den doch reichen Funden an Pflanzen und Steinen in der Steppe ein rechtes Findegefühl hatte nur bei den Pilzen. Selbst von den ungenießbaren, gar giftigen habe ich unterwegs abgebissen oder mir zumindest Stücke unter die Zunge gesteckt – so schal, ja, war mir oft von meinem Alleingehen und meiner Stummheit: Säure wollte ich für meinen Mund und, vor allem, Bitterkeit für meine Zunge, und die bittersten Pilze waren mir gerade recht. Mancher war so bitter, daß ich davon wieder eins übergezogen bekam, von innen heraus. In meinem Pilzbuch werde ich eigens ein paar solcher Bitterpilze empfehlen, zum Rohessen. Aber die guten Steppenpilze, die süßen: wie gingen mir die Augen davon auf!«

»Und?« fragte ich.

Der Apotheker: »Ja, ist das nicht fürs erste schon etwas? Allein der Anblick weckte mich.«

»Wie einen Jäger sein Wild?«

»Ja, vielleicht. Nur daß die Pilze nicht vor mir flohen, sondern im Gegenteil auf mich zu warten schienen: Endlich hast du mich gefunden! Es durften freilich nicht viele sein – viele der Herrlichkeiten überreizten und stumpften ab. – Und noch eins, aber dann für einmal und für hier Schluß mit den Pilzen: an ihnen roch ich meine sämtlichen Angehörigen wieder, den Vater, die Mutter, die Großeltern; vor allem meine Kinder, als sie noch Kinder waren.«

Später kamen die Tage, da mein Erzähler auf dem Weg durch die Steppe rein gar nichts mehr suchte. Und er erlebte das als eine Freiheit – »die mir allerdings nicht so begegnet wäre ohne das Suchen vorher«.

Auf einer Hügelkuppe saß jemand und angelte in der leeren Luft. Distelblüten tief unten am Boden, schwarz, waren zugleich Seeigel. Von den männlichen Wacholderstauden pufften einen ganzen windlosen Tag kreuz und quer die Blütenstaubschwaden hinüber zu den weiblichen Wacholderstauden – es gab also doch noch Blüten im Steppenherbst? ja. In einem Kiefernwald – es gab also auch Wälder in der Steppe? ja – stand für die Eichhörnchen ein bestimmter Zapfen-Eßbaum (so wie in den Städten für Vögel Schlafbäume stehen); der Nadelboden übersät wie mit Apfelresten. Und die hohen Gräser da – einmal in der Steppe nur Gräser – nickten mit den Köpfen und schüttelten diese zugleich. Ein Wolkenfeld, weiß, geriffelt, schaumig, in der Form einer Dünung. Flache Ovalsteine hier und da oben auf dem Hochlandschutt, in der Mitte mit einem schwarzen Kreis: Kiesel geschliffen von der Eiszeit, im Schmelzen dann abgesunken hier in das Meer, mit Namen »Augensteine«.

Wenn er, selbst aus vollen Lungen, die kleinen und kleinsten Steppentierchen blies, die sich auf ihm niederließen, blieben sie an Ort und Stelle. Eines Nachts, in der Kühle, steckte er beide Hände in einen tagsüber gesammelten, stierschädelgroßen, auch so tiefrotschwarzen Bovist – noch so ein Pilz! – und ließ die Sonnenwärme im Pilzinneren auf sich übergehen:

es wirkte. Ein einzelner Schmetterlingsflügel bewegte sich aufrecht, leicht schwankend und im Zickzack, vielfarbig, standartengleich, auf dem Boden dahin: so getragen von einer höhlenschwarzen Ameise. Und die Ameisen schienen im übrigen nirgends hier einen Staat zu bilden – höchstens drei, vier kamen jeweils aus einem Loch; kleine Ameisendörfer, und -weiler also nur, die weit voneinander entfernt lagen und nichts miteinander zu tun hatten.

Wespen trieben sich herum wie überall, hier nur nah am Boden. Und ein großes Heupferd einmal trug ein kleineres Heupferd huckepack, worauf dieses herunterfiel und in Luftsprüngen seinen Träger suchte. Beide hatten dann, wieder aufeinander, in der Tat Pferdeprofile gezeigt – während die Steppenfalter Profile von Schafen hatten. Einer von den Faltern, steingrau, flog einmal vor einer ebenso grauen Felsenwand, sichtbar nur daran, daß auf dem Felsen sein Schatten mitflog.

Zeitweise standen Bienenkästen gereiht in der Steppe, meist an wieder einer Felswand, was ein beständiges Dröhnen gab, und beim Schlupfen der heimkehrenden Bienen durch die dunklen Löcher leuchteten ihre plustriggelben Beinchen auf – »es blühte also doch noch etwas?« –, und bei jedem Vorbeigehen an solch einem Volk wurde er von einem sofort auf ihn losschießenden Tier, dem zuständigen Wärter oder Volkspolizisten, angegriffen und meist auch gestochen, regelmäßig aufs Jochbein. Kleine Grünstellen, eingeschlossen in den hohen, schütteren Steppenbewuchs, sichtbar erst, sowie man davorstand, waren naturwüchsige Gemüsegärten, mit Sauerampfer und etwas, was an Löwenzahnsalat erinnerte, nur dicker, weicher und saftiger, doch ähnlich leicht bitter. »Ich habe kaum je so fein gegessen wie dort«, erzählte er, »zwar immer Kleines, aber umso Feineres. Und gelesen habe ich für einmal gar nichts, oder so: die Steppe, die Orte dort, waren meine Bibliothek.«

Immer weniger Bienenstöcke dann, und die Bienen, die da hineinkrochen, hatten auch weniger und weniger Gelbstaub hinten an den Füßen. Und schließlich waren die Hinterfüßchen ganz unbestaubt. Und ebenso war bei den Brombeeren, die er noch fand, dann allesamt nur die eine Halbkugel reif; die andere Hälfte war grün und würde auch nicht mehr reif werden. Zugleich aber blühte neben einer Steppenhausruine eine Magnolie, ein Frühlingsbaum doch, wie erstmals im Jahr.

Der vorherrschende Eindruck freilich, besonders in den inselhaften Kiefernwäldern, wo ein unentwegtes Nadelsausen vor sich ging, war der von Vor-Frühlingstagen. An einem solchen sonnigen, eher kühlen Tag ruhte er einmal am Vorabend aus an einer windgeschützten Stelle zu Füßen eines lehmgelben, fast bewuchslosen kleinen Hangs, einer Böschung, die sich hinter ihm wiederholte, er zwischen den beiden Böschungen ausgestreckt wie am Grund eines Hohlwegs. Er lag auf der Seite, unter sich den mit Kiefernnadeln bedeckten Boden, aus dem hier und da eine Pflanze ragte, die jeweils aus einem einzigen Blatt, blechdünn, oben auf einem nackten Stengel bestand, und von den Blättern kam ein metallisches Klingen.

Sein Blick ging frei auf die zum Hingreifen nahe Lehmwand. Diese war der Länge nach ausgehöhlt, nischenhaft, und diese Nische, dachte er, mit dem weichen Lehmstaub und der Kiefernnadelunterlage, wäre ein guter Platz für die Übernachtung gewesen. Er hatte nichts sonst vor Augen als die rotgraugelbe, ziemlich schrundige Erdfläche, beschienen von einer tiefstehenden Sonne.

Schon seit jeher war er am stärksten ins Zuschauen geraten als Zeuge von einfachsten, undramatischen Vorgängen und Abläufen, etwa, wenn ein Regen stärker oder schwächer wurde, oder einfach vor sich ging; wenn der Schnee schmolz; wenn eine Lache langsam wegtrocknete. Und so betrachtete er auch die von der letzten Sonne durchleuchtete Lehmhalbgrotte.

Es war tatsächlich eine Beleuchtung, eine wie künstliche, durch einen Scheinwerfer oder einen Filmstrahler: so hervorgehoben in jeder

Einzelheit, körnig, zerfurcht, reliefhaft erschien die Erdwand. An den Baumwurzelfäden, die mancherorten herausstanden, hingen Lehmbrocken und auch ein paar Moosflocken, von denen jetzt erst, das einzige Mal am Tag, daß da die Sonne hinkam, der Morgentau verschwand. (Es gab viel Tau in der Steppe, haftend freilich fast nur an den Vogelfedern und den wenigen Moosstellen, da aber umso konzentrierter, die Moospolster so als Wasserschwämme verwendbar.)

Das einzige, was sein Zuschauen zunächst ablenkte, war jene eine Jägerpatronenhülse, mit Spinnweben überzogen bis hinein ins Innerste – so lang steckte sie schon in dem Sand. Er ließ sie dann aber da, als gehöre sie dazu. Und er ließ dann auch sich selber. Er ließ sich. Und er lag erst einmal, ohne zu atmen; brauchte das für eine Zeitlang gar nicht.

Die an ihren glatten Stellen mehr und mehr lampengelbe, an ihren rissigen und erhabenen mehr und mehr schlagschattenschwarze Erdnische tat den müden Augen gut, wohler als gleichwelches Grün. Sie hätte auch eine Bergflanke sein können, in einer Vorzeit, jenseits oder wenigstens außerhalb jeder Geschichte, und man lag vor diesem Vorgeschichtengebirge ausgestreckt, fast so lang wie dieses. Die gegenwärtigen Kriege fanden weit jenseits davon statt. Sand rieselte aus dem Lehm, Sandlawinen stürzten talwärts. Wie alt war diese Welt. Oder wie jung? Sogar erst am Anfang, oder gar noch davor? Nicht an- oder ausgeleuchtet vom Sonnenuntergang wirkte die einwärts gewölbte Lehmbahn, vielmehr selbstleuchtend; selber das Ausstrahlende, die Lichtquelle; und der in allen Gelbarten spielende Lehm das verkörperte Licht. Liebe Vorfahren. Lieber Vater. Liebe Mutter.

Aus einem Loch im Lehm fuhr da ein Drachenkopf, eine Grille, mit einem jähen Getriller, zu dem ebenso oben auf der Böschung ein Steppenjäger mit einem Gewehr auftauchte und auf ihn, wie er dalag, anlegte, worauf unten im Hohlweg der Doppelgänger meines Erzählers dazutrat, von dem Jäger augenblicklich erschossen. Und ein Heupferd machte dann einen Luftsprung und kam so vom Springen ins Fliegen, wie das auch ihm manchmal gelang, wenngleich nur in den Träumen. Beim Aufhüpfen hatte das Insekt unter dem grauen Panzer blaue Flügel ausgestreckt und war während des Flugs durch-und-durch blau erschienen, während es, gelandet, auf der Stelle wieder steingrau wurde.

Von einer anderen Seite des Hohlwegs näherte sich ein Geländewagen, wieder ein Santana, geschmückt als Hochzeitsauto, das auf seiner Höhe hielt, als Lenker des Erzählers Sohn, mit seiner Braut, der jungen Festkönigin. Und sein Sohn beugte sich herab zu ihm und sagte: »Du hast mich nicht verstoßen, Vater. Ich bin es, der von dir weggegangen ist, von sich aus. Ich habe dich verlassen, für immer. Und so hast du es ja auch gewollt.« Und er wollte seinem Sohn darauf antworten, dringendst: »Ich habe große Schuld auf mich geladen, nicht wiedergutzumachende!«, brachte aber kein Wort heraus, worauf das Brautpaar, ihm zuwinkend, langsam weiterfuhr. Und jetzt prasselte noch ein Schock von Kastanien, steinhart und ebenso schwer, auf den Weg herunter, schlug überallhin, nur nicht auf seinen Schädel, wo er das doch so gebraucht hätte – und dann war sein Kind verschwunden, und sie würden einander endgültig nimmerwiedersehen.

Er lag sterbensmatt angesichts der Höhlung, an der er gerade noch der Schöpfung zugeschaut hatte. Seine Zeit war um. Aus dieser Wand gab es kein Herauskommen mehr. Ein Schneckenhaus, wie leer, ruckelte seltsam dahin am Fuß des Lehmwalls, blieb stehen, kollerte weiter, und das so fort, bis er merkte, daß in Abständen eine Wespe, mit ihrem Gelb vor dem Gelb des Lehms kaum auszumachen, darauf herunterstieß und das Häuschen so dahinstupste und -schubste, in dem Versuch, ihm das Schneckenaas zu entreißen. Und wieder eine Wespe hielt gerade eine Biene umklammert und wälzte sich mit ihr im Staub. Und er grub, so im Liegen, einen eben erst im Lehmboden hervorgetretenen Pilz aus, der, als er ihn ablösen wollte, sich zu schwer für ihn erwies, ja schwerer und schwerer wurde und den, der ihn mit beiden Händen heben wollte, statt dessen mit sich hinunter ins Erdreich zog, das unter dem Pilz hohl war, eine zunehmende Schwärze und zuletzt die Bodenlosigkeit.

Und jetzt brach ihm der Todesschweiß aus. Gab es denn das? Ja. Der Todesschweiß war zähflüssiger als der sonstige, trat aus allen Poren, als ein Wasser, das einen abschnitt von der Außenwelt und der Haut keine Luft mehr ließ.

Und jetzt erschien ein Schatten auf der vorabendlich beleuchteten Lehmwand, kein Schlagschatten, sondern der Schatten jemandes, der ohne Eile, behutsam, hinter ihn trat und sich in seinem Rücken hinhockte, der Schatten einer Frau, der schönste Schatten, der ihm je begegnet war – noch nie hatte er einen so freundlichen, so herzlichen Schatten gesehen!

Und dieser Frauenschatten sagte ihm nun folgendes: »Hör auf, das Lebende zu suchen unter den Toten hier! Du wirst deine Stummheit abschütteln. Sonst bringt dein Nichtsprechen dich heute noch um. Dein Schweigen ist keine Schweigsamkeit. Zwar hat es dir anfangs und dann eine Zeitlang die Welt vergrößert. Aber je länger du derart allein geblieben bist, desto mehr ist dein Stummsein zu einer Gefahr geworden, und endlich zu einer Lebensgefahr. Dein fortgesetztes Stummsein entwirklicht dir nicht nur die Gegenwart, so bezeichnend die dir im Augenblick erscheint, sondern vernichtet auch rückwirkend dein sämtliches Erleben von früher, selbst das noch so zeichenhafte – bis in die Kindheit. Es entwertet und zerstört dein Gedächtnis, ohne das du auf der Welt nichts zu suchen hast, und macht dich zeichenlos. Du bist an die Grenzen der Welt geraten, Freund. Und du bist in Gefahr, jenseits der Grenzen der Welt zu geraten. Deswegen wirst du einen Anlauf zum Neu-Sprechen unternehmen, zum Worte-Neufinden, zum Satzneubilden, laut, zumindest tonhaft. Und wenn dein

Reden auch stockfalsch und blödsinnig ist: Hauptsache, du tust wieder den Mund auf. Heute abend noch, dort unten in Zaragoza. Ich brauche deine Hilfe. Ja, du hast richtig gehört: Ich brauche deine Hilfe. Aber damit du mir helfen kannst, hast du erst einmal wieder deinen Mund aufzutun!«

Ein Schlag auf seinen Hinterkopf, diesmal ein geradezu zarter. Und der Schatten der Frau verschwand. Und als er sich umwandte, war niemand mehr da. Und jetzt weg aus der Steppe.

Auf einmal hatte er es eilig. Gerade er? Ja. Was er kaum je getan hatte: er lief; er rannte.

Und so ging es ständig bergab. Zwischendurch sprang er auch, ohne ein Einhalten. Selbst als ihm so etwas vor langer Zeit Verlorenes entgegenblinkte, hob er es unter seinen Schritten auf und lief zugleich weiter (dabei hatte er die Sache, von der er nicht sagte, was es war, ganz woanders verloren – wieder ein Rabe als Transporteur?).

In der Geschwindigkeit nahm er sogar noch schärfer wahr. Die kleinfingerkurzen Steppeneidechsen, schwanzlos, flitzten weg in die Felsritzen. Die einzige Schlange, die ihm während all der Zeit unterkam, lang, armdick und grauschwarz, schoß mit einem Prasseln an einem ebenso grauschwarzen Kiefernstamm empor und blieb oben still hängen, genau in der Haltung des Apothekensymbols, und ihrer beider Blick, hier des Mannes und dort der in der Höhe baumelnden Schlange, war gleich: aus den Augenwinkeln, starr.

Abendfalter stoben dann auf aus dem Steppengrau, der Falter gleich grau wie die Steppe, aber als einer der späten Schmetterlinge einmal die Flügel ausbreitete, waren diese durchscheinend, innen gezeichnet mit einem Mond, Sternen, Planetenkreisen, und hatten etwas von Glasfenstern, nicht-mittelalterlichen, neuzeitlichen. Dazu schwirrte die Luft von Weltallsignalen, die aus kleinen Erdspalten und -löchern kamen: Unkenrufe und Grillenzirpen. Ein paar Fledermäuse zickzackten, und er merkte, wie die ihm gefehlt hatten. Nicht mehr umkehren. »Eher sterben als umkehren!«

Eins der ersten Anzeichen der Stadt waren ein paar Quersteppeinradfahrer, die mit von Horizont zu Horizont quietschenden Bremsen hügelab schossen. »Ich habe sie mit dem Stock, den ich dabei hatte, im Vorbeilaufen erschlagen«, sagte mein Erzähler, »und seitdem ist die Steppe wieder halbwegs ohne Landplage.« Ein anderes Stadt-Vorzeichen: die Fundgegenstände, kleinere und größere, vom Erdboden aufgelesen, die er in seiner unaufhörlichen Fortbewegung, um sich Schwung um Schwung zu geben, jeweils so weit wie möglich vorauswarf: anfangs fast nur Steine oder Holzprügel, wurden diese jetzt mehr und mehr von leeren Flaschen, Konservendosen, Batterien und Ziegelbrocken abgelöst.
Vor einer letzten Kammlinie, die Stadt dahinter und wohl auch tief darunter noch ganz unsichtbar, hörte er aus der Ferne einen vieltausendstimmigen Gesang, einen Choral, der aus einem

monumentalen Kloster zu dringen schien: es waren das dann die Autos, zügig, eins dabei dicht hinterm andern fahrend, auf der feierabendlichen Autobahn.

Das erste, was er von der Stadt zu Gesicht bekam, war zu seinen Füßen, unten, die Flughafenpiste, auf der die Landelichter dahinfingerten, und am Himmel darüber ein Verkehrsflugzeug, scheinbar auf der Stelle blinkend, während er dastand, der dicken Maschine gegenüber, auf der gleichen Höhe mit ihr, im Hochlandsteppengras, eine irgendwo aufgeklaubte Steppenkartoffel in der Hand, in seinem Rücken, über der Menschenleere, den zunehmenden, noch fast lichtlosen Mond, vor sich, linker- und rechterhand, die Autobahn und, diese kreuzend, die Bahnlinie: zurück in der Zwickelwelt.

Jedenfalls war er all die Zeit nicht im Kreis gegangen. Denn die Stadt lag so grundanders als sein Ausgangsort Santa Fe: zwar weiterhin in der das ganze Spanien bestimmenden Steppe, aber im Tiefland, die Kräutersteppe da übergehend in eine Kraut- und Rübensavanne; recht so, kein Kopfdruck mehr. Und beim Ankommen unten die verstopften Ohren ausgeblasen. Obwohl diese Stadt da nur eine Provinzkapitale war, hätten zehn Santa Fes oder Nachtwindstädte in ihr Platz gehabt, und daß sie Zaragoza hieß, war das wieder nur so eine Namensgleichheit? Nein, das jetzt war das richtige Zaragoza, mit dem Ebro dort im Tieflandhintergrund.

Dieses ganze große Zaragoza galt es jetzt zu durchqueren, bis zur nördlichen Stadtausfahrt. Und er war so lang schon zu Fuß gegangen, daß er auch bis zuletzt so unterwegs sein wollte, und dazu geradeaus.
Ein Problem wurden dann nicht die weiten Strecken, sondern die Hindernisse kreuz und quer. So begegnete ihm noch ein anderes Abenteuer: aus der landweiten Steppe in die heutige Zwickelwelt hineinzukommen, zu Fuß, das konnte abenteuerlich werden, abenteuerlicher noch, als gehend da herauszufinden.

Und zudem hatte er mit sich eine Wette abgeschlossen: bis zum Zielpunkt so viel wie nur möglich auf Steppenboden zu gehen, selbst auf dem Weg durch die Stadt; gerade in Spanien war das nach seiner Erfahrung nicht undenkbar. Die Steppe aber war erhalten vor allem in jenen von den Verkehrslinien eingeschlossenen Zwischenbezirken. Und so kletterte er über die Autobahnbrüstung, wartete jenen einzigen Moment nach hunderten ab, wo man, laufend und springend, zum anderen Ufer konnte, überquerte desgleichen den Bahndamm, hatte die nächste Schleife der Autobahn zu überwinden, dann das Flugfeld, dann die zweite, die Lokalbahnlinie, immer auf Hartgraszwickeln, fast leeren, immer schmaleren, spitzeren, kleineren, undsoweiter, bis tief in die Stadt hinein und auch beinahe schon wieder zu ihr hinaus.

»Ich will hier weiter keine Einzelheiten anführen«, sagte mir mein Erzähler: »Doch wenn Sie einmal ein ganz heutiges Abenteuerbuch schreiben, dann sollte es von so einem Fußmarsch

draußen vom freien Land – wo es das noch gibt – hinein in die Metropolen handeln.«
Was sein höchsteigenes Abenteuer betrifft, so erwähnte er nur die vielen Tiere, die ihm begegneten bei der Durchquerung der Zwikkel, je eingeengter und dichter umschlossen von den Verkehrsanlagen, desto mehr, und auch artenreicher, vielfältiger. Gerade auf die in der Steppe vermißten, die größeren, stieß er da auf diesen Savanneninselchen, den stadteinwärts schrumpfenden, zuletzt käfighaft eingeschränkten, die in der Regel die Form von spitzen, sich immer noch zuspitzenden Dreiecken hatten, zuletzt gespitzt fast zum bloßen Strich: da, und nirgends draußen in der Steppe, hockten die Hasen, massenhaft, und stand daneben, ohne Scheu, sogar hier und da ein Fuchs vor seinem Bau, ebenso ein weißes Wiesel – als wüßten sie alle, in ihren hoch umschienten und umdämmten Graseinschlüssen jedem Blick entzogen zu sein, es sei denn, oben von den Flugzeugen aus.

Obwohl er das Zentrum von Zaragoza nur streifte, bekam er doch mit, daß da offenbar, wie damals bei der Ankunft in der Nachtwindstadt, ein Fest im Gang war. Die Tore der zahlreichen Kirchen standen weit offen, das Innere hell beleuchtet, im Gegensatz zu den allseits geschlossenen Geschäften (unter diesen auffällig besonders die Apotheken – sein Blick suchte gerade sie –, indem an ihnen, hier in der Großstadt, anders als in dem Santa Fe zuvor, sämtlich die eisernen Rolläden heruntergelassen waren).

Ja, es war das Jahresfest der Schutzpatronin von Zaragoza, Nuestra Señora del Pilar, Unserer Frau von der Säule. Demnach mußte es inzwischen fast Mitte Oktober sein? So lange schon war er weg von zu Hause?

Er beschleunigte seinen Lauf, als könnte er damit Zeit gutmachen. Er hatte keine Augen für dieses Fest. Und aus einer anderen Seitenstraße kam jetzt unversehens das Blasen der Stahlstiftflöte, schriller hier zwischen den Stadthäusern noch als in der Steppe, frenetisch, sich über die Dächer erhebend, die immergleiche, im Abstand von ein paar Schritten und Hausiererkarrenschüben wiederholte Tonfolge, auch wilder, unbändig, übermütig, und zugleich – denn schließlich wollte der Hausierer, Feiertag hin oder her, seine Geschäfte machen – von einer dienstbereiten Höflichkeit und abstandwahrenden Förmlichkeit. Nicht um die Musik ging es dem Wanderkaufmann, sondern um ein Rufen und sein Waren-Anbieten. Jeden Festkrach durchdrang das.

Der Hausierer hatte also die gleiche Reise wie er gemacht, quer durch die eine Provinz und dann die andere und dann wieder eine andere, und jetzt waren sie nach all den Wochen, jeder auf seine Weise unterwegs, im selben Moment in der Metropole angekommen.

Das Schmettern ging weiter, in einer entfernten Parallelgasse, und immer auf gleicher Höhe mit ihm, auf den río Ebro zu. Und zum ersten Mal in seiner Geschichte, zum ersten Mal überhaupt seit wann nur?, traten ihm die Tränen in die Augen. Und zugleich wollte er

sofort hin zu dem Hausierer und ihm etwas abkaufen.
Sie trafen dann aber ohnedies zusammen auf dem Puente Piedra, und er ließ sich dort von dem Hausierer sein Messer schleifen.

Es war inzwischen Nacht, und Zaragoza erwies sich als Nachtwindstadt wie jene zuvor. Er ging zu seiner Verabredung: statt zu irgendeinem Palast der Könige von Navarra zu einem Busbahnhof in den schon peripheren Bezirken jenseits, nördlich, des Ebro.
Obwohl er sich nicht müde fühlte, knickten ihm zwischendurch die Knie ein. Der Busbahnhof war eine langgestreckte, wandlose Halle am Ende der zur einen Hand von Wohnblöcken gesäumten, zur andern Hand einen neuen leeren Steppenanfang ausgrenzenden Ausfallstraße. Das Hallendach wurde gestützt von einer Vielzahl dicker runder Betonsäulen, deren jede den Abfahrtsplatz zu den verschiedenen Zielorten darstellte, nach Huesca, Lérida, Tudela, und auch noch weiter, hinter die

Pyrenäen. Die Säulen wurden unten umlaufen von Sockeln. Darauf hockten, obwohl es eine verglaste und gutbeleuchtete Wartekabine gab, fast im Dunkeln – eine andere Säulenveranstaltung als das Fest im Zentrum – die Passagiere, auf jedem der mehr als zwei Dutzend Sockel dabei jeweils meistens nur einer allein. Nicht wenige standen auch, mit dem Rücken an die Betonstützen gelehnt.

Er setzte sich auf seinen Sockel, den am nächsten der Straße, wo ihn der Luftzug von den vorbeifahrenden Lastern anblies. Die Busse, die in die Halle einrollten, schrumpften durch die Säulenfluchten wie zu Kleinfahrzeugen, und tauchten daraus dann als Riesen wieder auf. Die Wohnblöcke der Straße erschienen fast entvölkert. Es handelte sich hier demnach um eins jener Feste, die sich mehr auf bestimmte Viertel der Stadt konzentrierten, so daß die übrigen umso verlassener wirkten. Plastikfetzen wehten stadtauswärts. Distelsporenkugeln, silbrig, stoben stadteinwärts, zusammen mit den steppenüblichen Dornbüscheln, die auf dem Erdboden dahinrollten, dann und wann auch hüpften. Verging die Zeit nicht mehr?

Und jetzt spürte er eine Hand auf der Schulter, so warm und sanft wie selten je eine. Und ebenso legte eine andere Hand sich ihm auf die Stirn, und noch eine Hand. Viele Hände legten sich auf ihn, legten dann auch – er fror – einen Mantel um seine Schulter. Und die Frau, seine Verfolgerin, sagte jetzt: »Du schläfst ja.«

Das Fahrzeug, das da vor ihm gehalten hatte, mit offenen Falttüren, zum Einsteigen bereit, war kein Santana-Geländewagen mehr, auch nicht der fast buslange Santana vom letzten Mal, sondern ein echter Bus, in nichts verschieden von den andern im Bahnhof, nur daß darin dann niemand abfuhr als sie beide allein; sie an dem Lenkrad, und er neben ihr, auf jenem isolierten Sitz wie für einen Reiseleiter, drehbar und entschieden niedriger als der ihre.

Hier saß er, mit dem Rücken zur Fahrtrichtung, dann all die Zeit, die sie in der Folge miteinander über Land unterwegs waren; nachts den Blick auf die leeren Platzreihen, tagsüber auch darüber hinaus auf die nach hinten wegziehenden und mehr noch auf die aus solcher Perspektive neu in das Blickfeld kommenden Gegenden, nicht schon im voraus zu sehen, sondern erst, wenn der Bus auf gleicher Höhe mit ihnen war: deren Einzelheiten besser in ihrem Zusammenhang wahrnehmbar, indem sie zuerst so groß auftraten und danach allmählich kleiner wurden. Oder war solch eine Position – gegen die Fahrtrichtung – eine Sache des Älterwerdens? »Jedenfalls«, sagte mein Erzähler, »habe ich mir vorgenommen, sollte ich in meinem Leben noch einmal quer durch die Kontinente unterwegs sein, nach Möglichkeit abgekehrt von der Richtung zu sitzen, in welche die Fahrt geht – trotzdem aber an einem Fenster.«

Noch fahren die beiden nicht. Die Frau setzt sich zunächst zu ihm auf den Säulensockel des Busbahnhofs von Zaragoza und sagt: »Also?«

Ihm ist, als sehe er sie erstmals von vorn. Sie ist schön. Und das ist, nicht nur für die Zwischenzeit, da diese Geschichte spielt, etwas sehr Seltenes. Und als sie ihm dann zuhört, wie er von dem bittersten seiner Steppenbitterpilze abbeißt, die Bitterkeit sich ausbreiten läßt von der Mitte seiner Zunge bis oben in die Haar- und unten die Zehenspitzen, sich endlich die Lippen auseinanderzwängt und zum ersten Mal seit wann? seine Stimme hervorkommen läßt, scheint sie ihm so zugleich die Worte aus dem Mund zu nehmen. Der Schweiß bricht ihm aus, ein anderer als der Todesschweiß eine Zeitlang zuvor. Sie lacht. Lacht sie ihn aus? Sein Herz beginnt zu bluten. Gibt es das also? Ja, das gibt es. Endlich blutet also sein Herz, und er kann wieder sprechen, zuerst nur in einem Schrei: »Was wollen Sie von mir? Was willst du von mir? Sag, was willst du von mir?«

Mit dem Wieder-Sprechen-Können, oder mit dem Moment davor, schoß die Liebe in ihn ein, begleitet von dem Gedanken: »Zu spät.

Viel zu spät, viel zu spät!« Und er sagte dann ungefähr folgendes: »Dreck. Schon wieder der. Schon wieder die. So so. Na und. Dreck. Nicht mehr lange. Wann war das? Einmal war jemand gut zu mir. Nicht bloß einer. Und nicht bloß einmal. Dreck. Und ich? Gut nur für den Moment. Dann aus dem Sinn. Gut gewesen und jetzt wieder allein. Für niemanden zu sprechen. Dreck. Leben für! Leben für wen? Die edlen Menschen. O die vielen edlen Menschen. Wer rettet sie? Wer schafft ihnen ihr Recht? Etwas, das sie von den Toten erweckt! Ein Denkmal dem Hausierer in der Steppe. Dreck. Wie froh war ich einmal, daß ich Kinder hatte. Geweiht von ihnen. Auch meine Frau mein Kind. Auch meine Mutter mein Kind. Vater, mein liebes Kind! Großvater, seltsamer kleiner Junge. Dreck. Alles wird wieder gut. Nie war alles gut. Heute ist es sogar besser denn je. Warum kommt das Fest der Himmelfahrt im Jahr vor dem Fest der Geburt? ›Ich weiß nicht mehr‹: das war der stehende Spruch der Mutter meines Vaters.

Oder der Mutter meiner Mutter? ›Ich weiß nicht mehr.‹ Und wie sie das sagte, ist das für mich einer der schönsten Sätze geblieben, die ich je gehört habe. ›Ich weiß nicht mehr.‹ Alle Söhne bis auf den einen im Krieg verloren. An Krebs still gestorben. O Dreck! Und daß ich gerade auf der Steinernen Brücke über den Ebro gestanden bin, das ist auch schon wieder lange her. Und wenn ich jetzt nicht bald nach Hause komme, komme ich gar nie mehr nach Hause.«

Und da fallen die beiden einander in die Arme. Oder sie fängt ihn auf. Und da er schwer ist, gibt das ein dumpfes Krachen. Doch selbst dann noch fahren sie nicht los. Sie trinken erst Kaffee in der Bar des Busbahnhofs, keinen von dem Blauen Berg auf Jamaika, und statt aus der Tasse aus einem Glas. Dort in der Gaststätte entfernt die Siegerin eine Feder aus seinem Haar – keine von einem Steppenadler –, schneidet ihm die Fingernägel – niemand schaut zu –, zieht ihm die verkehrt herum angezogenen Schuhe – wie konnte er damit nur so weit gehen? – richtig herum an und gibt ihm ein Gewand, mit dem er sich auf der Toilette neu einkleidet.

Stammt der Anzug von ihrem verstorbenen Mann? Sie sagt nichts; redet überhaupt kaum; spricht nur einmal, schon im Bus, im Moment vor dem Starten: »In deinen mittelalterlichen Epen gibt es den Fall, daß einer, der eine Frau falsch liebt und sie zu Unrecht zur Frau bekommt, durch einen Zaubertrank dann sich bloß einbildet, sie nachts zu besitzen, und das sein ganzes Leben lang. Heutzutage jedoch entsteht, und besteht, diese Einbildung ohne Zaubertrank, und das längst allgemein. Der Mann, mit dem ich war, bildete sich nur ein, mit mir gewesen zu sein. Und wie beleidigend allein schon die Einbildung! Deswegen habe ich nach seinem Tod sofort seine Sachen aus meinem Haus schaffen lassen. Und vor seinem Tod habe ich ihn noch begreifen lassen, daß es zwischen ihm und mir die bloße Vorgaukelung war. Und schon lang vor dem Tod meines Mannes war es beschlossen! Sollte ich noch einmal zu jemand in Liebe entbrennen, so würde mein erstes sein, daß ich denjenigen verprügele, auf den ersten Blick!«

Die Fahrerin brachte meinen Erzähler nicht auf dem allergeradesten Weg nach Hause. Wo sie jeweils abbogen, hat er mir nicht gesagt, und ich wollte es auch gar nicht wissen.

Was erlebten sie so gemeinsam? Er erzählte mir nur, was sie zusammen hörten und sahen. Selbst ein gemeinsames Riechen oder Schnuppern kam für seine Art des Erzählens nicht in Frage. »Vor Pamplona sahen wir den ersten Schnee auf den Pyrenäen. In Biarritz hörten wir bei den Leuchtturmfelsen dem Meer zu, das dort so wild war, mit einer Brandung wie von allen Seiten, daß wir glaubten, auf einem letzten kleinen Atollkopf weit draußen im Ozean zu stehen. Als wir bei Toulouse in einem Dorf zwischen der Garonne und dem Canal du Midi saßen, kam ein Kind und brachte uns den ganzen Nachmittag Sachen an, Äpfel, Steine, Federn, zerrissene Kassettenbänder, Elastikbänder, zwei Weintrauben, zwei kleine Fische, einen toten Maulwurf und zuletzt eine Zeichnung, die angeblich uns darstellte. In den Salinen bei Narbonne bestiegen wir den Salzbergrücken dort, saßen obenauf, schauten ins leere steinige Landesinnere, während unter uns die Salzkristalle knirschten, stärker und stärker. Eine Tagesreise weiter nördlich hörten wir irgendwo in einem Laubwald ein Quietschen wie von Querfeldeinradbremsen, hoch über unseren Köpfen, und sahen den Ast eines Baums auf einer Astgabelung des Nachbarbaumes aufliegen, und von den beiden Ästen, so im Wind aneinanderreibend und sich wiegend, kam ein Quietschen, und ein Winseln, zwischendurch auch ein Seufzen. Einen Tag und eine Nacht weiter sahen wir stundenlang zwei Katzen beim Liebesspiel zu. Und ein paar weitere Fluß-, Gebirgs-, Klima-Schwellen und Grenzen hinter uns gelassen, hielten wir auf einem fast unbenutzten Paß in den Alpen und schauten durch die gewölbten, den Ausblick vergrößernden Busfenster auf eine verschneite, glattweiße, ohne Felskanten und -wände sich unter dem blauesten Himmel und der wärmsten und stillsten Sonne ausstrekkende und hinaufwölbende Berglandschaft, darin, an deren paar Muldungen und Kurven – Zeichen der Läufe und Mäander kleiner Bäche am Grund des Tiefschnees –, ein zusätzlicher Sonnenschimmer, ein ›Glast‹, wie man früher einmal dazu gesagt hat, und dort, wo wohl in der Firntiefe zwei Rinnsale zusammenflossen, an einer vom Schnee besonders weichgezeichneten, weitschenkeligen Senke inmitten der reinweißen Aufwölbung die einzige kleine Schattenstelle, an der aber auch jener Glast durchschlug, wärmer schimmernd als sonstwo, heiß. Und nicht ständig fuhren oder hielten wir nur, gingen zwischendurch auch miteinander über Stock und Stein, und ich glaube, wer uns so gehen gesehen hätte, selbst jener, der von Mann und Frau längst ausgeträumt hat, dem hätte das Herz höher geschlagen angesichts von uns beiden Gehenden, zumindest für einen Augenblick, und zumindest von weitem!«

Und auf einem solchen Weg sagte sie ihm noch einen ihrer paar Sätze während der Heimfahrt: »So angezogen, im bösen und im guten, hast du mich deswegen, weil ich einmal von dir sagen hörte, du seist der einzige Mann zwischen dem Untersberg und der Enge von Penedes, der so wirke, als habe er eine Geschichte zu erzählen, und wenn auch eine weit traurigere als Äneas von seiner Flucht aus dem brennenden Troja.«
Und bei einem anderen solchen Gehen zu zweit sagte sie zu ihm: »In dem Holzverschlag am Rand der Steppe bin ich so lang gelegen, bis ich wieder rein wurde.«
Gab es das? Konnte man die Reinheit wiederfinden? Und was dann?

An einem Herbstabend erreichten sie die Gegend bei Salzburg. Die Frau parkte den Bus vor dem Flughafen, und sie gingen zusammen auf einem Feldweg westwärts, in der Richtung, wo sein Haus lag. Sie sahen jedes Bild messerscharf, hörten jedes Geräusch als Abschiedston. Und auf einmal graute es ihn vor seinem weiteren Leben, oder vor seinen weiteren Tagen, oder fürs erste nur vor seinem morgigen Tag ohne sie, und er sagte: »Bleib bei mir.« Und sie sagte: »Nein. Weißt du denn nicht, daß es zu spät ist, für uns beide jedenfalls – für andere zwei vielleicht nicht.« Und er sagte: »Du hast mich doch um Hilfe gebeten.« Und sie sagte: »Du hast mir schon geholfen.« Sie kehrte um zu ihrem Bus, und er setzte seinen Heimweg fort. Aber im Abschied war es gewesen, als blühten sie beide auf.

In dem einzigen Geschäft, schon geschlossen, seiner Siedlungsstraße am Grenzflußdamm war das Schaufenster beleuchtet – wie, es wurden da schon Adventskalender angeboten? Andrerseits hatten auch in Zaragoza die Losverkäufer an den Straßenecken bereits die Weihnachtslotterie ausgeschrieen, Mitte Oktober.

Große Herbstblätter waren tief in den Laden geweht. Und er stieg dahinter auf den Damm, für einen Blick auf die Saalach, den Grenzfluß.

Was tat der Fluß? Er floß. Und vor seinem Haus angekommen, merkte er dann, daß er, unbewußt, schon seit wann?, dessen Schlüssel in der Hand hielt, ihn umklammernd.

Das Haus war dunkel. Er trat noch nicht ein, trotz des Unwetters mit Sturm und Regen. Ein Nachbarkind kam daher auf der sonst entvölkerten Straße und sagte im Vorbeigehen: »Ich kenne dich. Du wohnst hier. Das ist dein Haus. Du bist der Apotheker von Taxham.« So fürsorglich sprach dieses Kind. Und sein Wagen stand vor dem Haus, mit knackendem Motor, wie gerade erst da abgestellt.

Zuvor ein Gang durch den Garten. Alles Obst geerntet, nur auf dem Feigenbaum noch ein paar Früchte, eine davon sich im Vorbeigehn in den Mund geschoben. Gab es denn das, Feigenbäume, noch dazu mit reifwerdenden Feigen, so hoch nördlich? Ja, inzwischen gab es fast überall fast alles.

Er bewegte sich mit geschlossenen Augen, wie von jemandem an der Hand geführt. Augen auf! Unter der Zeder, inzwischen vom Nachbargarten in den seinen gewandert, leuchtete es im Finstern von drei und neun und fünfzehn, von siebenundzwanzig Schirmpilzen, nein, sogar achtundzwanzig kniehohen, von denen allen, wie eben nur von Schirmpilzen, der Regen troff. »Euch lassen wir vorderhand stehen!« (Er sagte »wir«.)

Vor der Haustür ein Stolpern über etwas Ungewohntes: eine Baumwurzel war da durch die Erde gebrochen und buckelte sich nun der Länge nach vor dem Eingang. Beim Öffnen der Tür oben im Etagen-Bereich seiner Frau ein Gepolter wie von einem auf den Boden prallenden Gegenstand, einem eher leichten und kleinen. Demnach war seine Frau wohl wie üblich ausgegangen, wohnte aber, vom Urlaub zurück, weiterhin in ihrem von dem seinen getrennten Hausteil: ihre Sachen, auch unsichtbar, zeugten davon, in ihrer ewigen äußerst labilen Ordnung, wobei so ein kleiner Luftzug irgendwo genügte zu Fall und Knall.

»Es waren natürlich nicht die Pilze, die uns getrennt haben«, sagte mir der Apotheker von

Taxham. »Einmal, ich weiß weder wann noch wie, muß ich diese Frau so verletzt haben, daß sie, ohne eigens unversöhnlich zu sein, nicht mehr mit mir konnte. Aber auch aus dem Haus weggehen konnte sie nicht. Und mir kommt vor, wir beide sind nicht die einzigen solchen.«

In seinem Hausbereich war alles, wie er es verlassen hatte. Als einzige Post die paar Karten seiner Tochter von ihrer Ferieninsel, von der sie inzwischen längst wieder zurückgekehrt war in die Apotheke, die einmal die ihre sein würde. »Lieber Vater«, zwei Worte, die ihm wohltaten. Und dazu die Analyse des ihm schon im Sommer weggeschnittenen kleinen Geschwürs an der Stirn. »Und?« Er sagte es mir nicht.

Er setzte sich im Dunkeln der leeren weißen Wand gegenüber, auf der, im Licht der Flußstraßenlampen, die Gartenbaumschatten sich bewegten mit großer Heftigkeit bei dem Unwetter, tierhaft vorstoßend und zurückschnellend, für Momente der Ruhe auch wie Läufer in ihrem Startloch – und jetzt ein Blitzstart! Er schloß die Augen, und hinter den Lidern zeigte sich der feinglitzernde Boden der Steppe, weithin, weltweit. Das Haus bevölkerte sich allmählich mit seinen Toten. War denn wieder sein Sohn darunter? »Nein, diesmal nicht.«

Ein Hackbeil traf seinen Nacken, und sein Kopf schlug mit Wucht darunter auf die Brust. Die Hinrichtung? Nein, er war nur eingeschlafen. Aber der Kopf war mit einer derartigen Gewalt vornüber gefallen, daß er sich davon hätte das Genick brechen können, bloß so im stillen Sitzen. Wie benommen er war. Ins Bett. Nein, noch nicht schlafen!

In den Keller gestiegen, einen Ort im Haus, den er sonst immer gemieden hatte. Aber heute sah er sich in diesem Untergrund am Platz, wie angekommen. Und es war da auch nicht voll von jenen fremden Eindringlingen, von denen er einmal geträumt hatte, sondern leer und still.

Hinauf zum Lesen. Leselicht an. Blick auf seine Schuhbänder, wegen der Auffälligkeit eines da eingeflochtenen, vergilbten, weit abragenden Dings: eines Steppengrasstengels. Das Epos von »Ivain oder der Löwenritter« aufgeschlagen. Wo war er nur damals stehengeblieben? So jäh war er also aufgebrochen, daß er vergessen hatte, ein Lesezeichen einzulegen?

Endlich fand er die Stelle. Er las weiter. Auf einmal aber hielt er inne und begann zu zittern. Jetzt zitterte er. Jetzt erst zitterte er.

Epilog

Ich traf mich mit dem Apotheker dann mitten im Winter, während eines Nachtdiensts in seiner Taxhamer Apotheke, jenem eigentümlichen flachen Bunker auf dem freien Grasstück genau im Ortszentrum, umgeben von den sporadischen Wohnblöcken.

Und er erzählte mir weit über die halbe Nacht, mit ein paar Unterbrechungen, seine Sommer-Geschichte. Einmal kam eine alte Frau und holte sich ein Brustschmerzpulver, das angeblich nur er zubereiten konnte. Das zweite Mal, daß es läutete, war es schon nach Mitternacht: ein junger Vater brachte sein Kind, das bei einem Fall aus dem Bett sich den Kopf blutig geschlagen hatte und nun von dem Apotheker, im weißen Kittel, betupft und verpflastert wurde. Ebenfalls schon sehr spät war es, daß auf einen Hilferuf unmittelbar aus der Nachbarschaft der Apotheker sofort aufsprang – wenn der Schrei auch nur von einem Nachmitternachtsfilm irgendwo im Fernsehen kam. Ein anderes Mal scholl von draußen unvermittelt ein lautes Geheul, tierisch, wie von einem angefahrenen Hund, das drinnen im Labor verstärkt weiterging: ein Mann, dem man kein Alter ansah, und der von einem ungeheuren Schmerz befallen schien, oder vielleicht mehr noch einem Kummer und Elend, ohne das freilich anders mitteilen zu können als mit solchem Gejaule, untermischt mit ein paar gegurgelten, vollkommen unverständlichen Silben; das eine Zeitlang, händeringend, mit aufgerissenen Augen, auf den Apotheker losgelassen, Gesicht an Gesicht, und ebenso jählings wieder verstummt und dunkelwärts verschwunden.

Bemerkenswert, wie bei dem allen, ob beim Pulverzubereiten oder Wundenversorgen, der Apotheker auf kleinstem Raum hantierte, kaum eine weitausholende Bewegung unternahm und zudem fast geräuschlos blieb; also hatte sich seine Arbeitsweise verändert? Und er gab von seinen Medikamenten jeweils nur die kleinsten Einheiten ab, die kleinsten Schachteln, oder überhaupt nur einzelne Stücke; die Pulver und Säfte einlöffelweise; und so lagen in Wassergläsern auch Löffel bereit, wie die balkanischen Gastfreundschaftslöffel – nur eben statt für den Honig bestimmt für die Medikamente.

Ihm zuzuschauen wärmte mich. Auch wenn er in seiner Arbeit allein blieb, war zu spüren, er tat sie für jemanden, für andere. Und diese abwesenden andern waren alle seine Angehörigen.

Einmal kam jedoch einer aus der Nacht daher, auf den er schon von weitem zulief, ihm den Arm auf den Rücken drehte, und ihn, der dabei doch mit etwas wie einem regelrechten Rezept wedelte, wegstieß, wortlos, fast gewalttätig.

Irgendwann, noch lang vor der winterlichen Morgendämmerung, war der Apotheker mit seiner Geschichte zu Ende und bereitete uns seinen Kaffee der Blauen Berge zu, von dem mir schon mit dem Einatmen anders wurde.

Dann traten wir ins Freie, auf das Grasstück mit ein paar Rosenstöcken, an deren einem zuoberst noch eine Blüte; und in der Erde darunter noch ein paar Erdbeeren, blaßrot, doch eßbar. Der Apotheker hatte seinen Kittel mit einem Mantel vertauscht, aber auch ohne das, kam mir vor, hätte sich an ihm schon mit dem ersten Schritt an die Luft jeder Arzneigeruch verflüchtigt.

Ich betrachtete ihn von der Seite. Ich weiß nicht, warum es mir seit jeher widerstrebt hat, Leute, ihre Gesichter, ihre Körper, zu beschreiben, vor allem mit irgendwelchen Eigenheiten, und ich derartige Beschreibungen, wie gekonnt immer, auch mit Mißbehagen lese, so als gehörten sie sich nicht. Trotzdem ist das jetzt vielleicht der Moment, das Aussehen des Apothekers wenigstens anzudeuten: Er war nicht besonders groß, dafür breit, breite Schultern, und das am auffälligsten Breite, überhaupt das einzig Auffällige an ihm war seine Nase: deren Flügel ständig geblähte Nüstern. Ein wenig unüblich auch seine eher dunkle –

nicht gebräunte – Haut; wozu er mir, ein andermal, erzählte, in seiner Studentenzeit habe er Theater gespielt und sei in einer freien Bearbeitung des mesopotamischen Gilgamesch-Epos aufgetreten – als der König? Er überhörte das.

Und mir fiel dazu dort ein, wie sich mir in meiner Jugend bei so vielen Leuten auf den Straßen die damaligen Kinostars wiederholt hatten, und wie mir das inzwischen gar nie mehr passierte – außer jetzt bei dem Apotheker von Taxham, der mich an Gary Cooper, Pedro Armendariz und andere Helden mehr erinnerte, und zugleich noch an Komiker wie Stan Laurel, Jerry Lewis, insbesondere Buster Keaton; aber auch an weibliche Stars, an jene scheinbar unnahbaren; und selbst an Bösewichtstars wie Edward G. Robinson und Ernest Borgnine. Das kam nicht von irgendeiner Ähnlichkeit, sondern einmal vielleicht von der eben gehörten Geschichte, aber sicher mehr noch von seiner Art, zu schauen und Vorgänge zu verfolgen: alles schien, für seine Augen, die gleiche Geschwindigkeit zu haben; es gab da keinen Unterschied zwischen Schnelligkeit und Langsamkeit; ein mit Vollgas vorbeifahrendes Auto bekam von ihm den gleichen ruhigen Blick wie der Rauch, der aus dem Kaffeeglas stieg. Aber hatte er mir nicht etwas ganz anderes erzählt? Daß Schnelligkeit ihn, allein schon als Zuschauer, in Panik versetzen konnte?

Und ich fragte ihn, ob er sich durch seine Geschichte verändert habe.

Er antwortete: »Zwischendrin habe ich mir einmal geschworen, wenn ich je hierher zurückkäme, dann als ein anderer! Aber das einzige, was sich an mir scheint's geändert hat: ich habe größere Füße bekommen; mußte mir neues Schuhwerk kaufen.«

Und ich fragte ihn, warum er Apotheker geworden sei.

»Das kam von der Sippe«, antwortete er, »einer Apothekersippe. Damals in der Hohen Tatra hatten wir sogar ein eigenes Wappen.«

Und dann fragte wiederum er mich, ob ich mir

absichtlich keine Notizen gemacht hätte. Ich bejahte.

»Recht so«, sagte er. »Hauptsache, Sie schreiben in einem großen Bogen auf, was ich Ihnen gerade erzählt habe. Sonst ist es für den Wind gewesen. Ich will es aber schwarz auf weiß. Ich will meine Geschichte schriftlich haben. Im Reden, mündlich, kommt so gar nichts zurück zu mir. Geschrieben wäre das anders. Und schließlich will auch ich selber etwas von meiner Geschichte haben. Es lebe der Unterschied zwischen Rede und Schrift. Er ist das halbe Leben. Ich will meine Geschichte geschrieben sehen. Ich sehe sie geschrieben. Und die Geschichte selber will es so.«

»Aber wer sonst noch soll die Geschichte zu lesen bekommen?« fragte ich. »Denn was ist das für ein Erzählen heute, nicht am Markt, nicht am Königshof, nicht für ein Bürgertum – nicht einmal an jemand einzelnen andern gerichtet, einzig für den, dem die Geschichte zugestoßen ist, selber?«

Er antwortete: »Vielleicht ist gerade so eines

das ursprüngliche Erzählen? So hat es überhaupt erst einmal angefangen?«

Keine Sterne; der Himmel über Taxham völlig schwarz, bis auf einen kurzen Augenblick Mondschein hinter einer Wolke, welche die Form einer Venusmuschel zeigte. »Tarsenefyde!« rief da der neben mir.
Der Nachtwind wehte auch hier, zwar kaum spürbar, doch genauso wirksam. Es war, als wehte mit ihm noch ein zweiter Wind, ein eigens für uns im Freien Stehende bestimmter, ein bloßes Streichen. Und wir ließen uns davon die Nackenhaare sträuben. Und hinter uns jetzt das Trillern einer Grille. Mitten im Winter? Ja. Und das Trillern kam nicht von unten, sondern von oben, aus einer Mauerspalte der Apotheke. Und weiter weg im Dunkeln torkelte ein Betrunkener.
»Nein«, sagte der Apotheker. »Ich kenne ihn. Der ist nicht betrunken, er ist von seiner Frau und seinen Kindern verlassen worden. Ich werde ihn wenigstens grüßen.« Und er ging hin und

tat das. Und anderswo im Dunkeln ging dann ein sehr junges Mädchen, in ihren beiden Armen einen wie gerade erst geborenen Säugling.
Der Apotheker tat wieder ein paar Schritte in die Nacht hinein. Steppenschritte? Eher wie die eines Kleinkinds, so breitbeinig nur, weil es nicht fallen will. Und wo er jetzt hinzeigte, das Gesicht über die Schulter zu mir verrenkt, dort fanden, seit dem Ende der Zwischenzeit, da seine Geschichte spielt, die aktuellen Kriege statt. Und auf einmal, mit dem Stein, den er unversehens in die Finsternis schleuderte, war es, als könnte er gut dabei mittun, gewalttätig wie gleichwer. Also auch darin hatte er sich verändert? Und schon war er zurück in der Apotheke, und schon wieder draußen, mit einer brennenden Zeitung, die er dem Stein nachwarf.

»Mir ist im nachhinein bewußt geworden«, sagte er später, als wir gegen Ende der Nacht an dem kleinen Tisch in seinem Labor saßen, »daß ich jenen Schlag dort am Rand des Flughafenwalds seit jeher halb bewußt erwartet hatte – nur eher in den Bauch statt auf den Kopf. Wenn Sie übrigens zu dem Moment kommen, wo meinerseits ich meinen Sohn schlage, rate ich Ihnen zu schreiben, ich hätte zu dem Schlag bloß ausgeholt – nicht zum Verharmlosen, im Gegenteil: das Ausholen, vor allem vor dem eigenen Kind, ohne zu schlagen, bedeutet noch etwas Verwerflicheres, jedenfalls Häßlicheres und Scheußlicheres als ein tatsächliches Zuschlagen.«

Und danach konnte ich ihm endlich besser meine Fragen stellen: Ob er sich sehne, wieder so ein Abenteuer zu erleben wie das in diesem Jahr? »Seltsames Jahr!« sagte er nur. Und dann: »Ich bin hier oft guter Dinge, mit mir und meiner Arbeit. Aber das genügt mir dann nicht. So kommt die Einsamkeit, und so kommt die Schuld.«

»Schuld wegen dieses und jenes Fehlers und Versäumnisses im Lauf Ihrer Geschichte?«

»Ja, ich habe bei meiner Geschichte einiges

falsch gemacht. Und ich möchte beizeiten wieder etwas so falsch machen! Wo immer ich hier stehe und gehe, bin ich bereit für das nächste Abenteuer – die nächste wesentliche Ablenkung. Und das ist vielleicht weniger Sehnsucht als Gier. So wie mein Lehrmeister Paracelsus gesagt hat, in seinem Fragment über die Pilze, daß derjenige, der einer Kostbarkeit ansichtig wird, im selben Augenblick schon Ausschau hält nach einer weiteren Kostbarkeit. Nur finde ich jenen besonderen, schwarzglühenden Einstieg nicht mehr. Damals, zur Zeit meiner Geschichte, da hatte ich ihn. Was gäbe ich dafür, jenen Einstieg wiederzufinden!«

»Die Lichtung im Flughafenwald, mit der Sykomore und der Quelle, gibt es die noch?«

»Sie ist gerodet und entwässert, für neue Wohnbauten. Auch recht.«

»Und Ihre beiden Reisegefährten, den Dichter und den Weltmeister, treffen Sie die hier noch manchmal?«

»Ja, im Erdkellerlokal. Warum sollte ich im übrigen das Lokal und die zwei meiden? Es sind

Zufallsbekannte, und bis heute wundern sie sich nicht, mich reden zu hören, während ich damals doch stumm war. Gerade mit Zufallsbekannten fühle ich mich oft dauerhafter verbunden als mit Freunden, auch ungefährlicher.«

»Und die Nachtwindstadt?«

»Die Straßenmehrheit hat dort die Macht an sich gerissen, ist auf dem Marsch zum eigenen Staat. Einer der aktuellen Kriege findet dort statt, und sein Hauptschauplatz ist die freie Steppe.«

Und ab da fragte ich fast nur noch mit »Und?« – »Und?« – Der Apotheker: »Eines Tages wird die mein Haus betreten, die nicht meine Feindin ist.« »Und?« – »Geht es Ihnen auch so? Mir ist, als hätte ich keine Gleichaltrigen; entweder erscheinen mir alle viel älter als ich oder viel jünger.« – »Und?« – »Ein Altwerden spüre ich aber trotzdem an mir, indem nämlich der Schwung, der weiterhin da ist, vielleicht stärker als je zuvor, von keinerlei Impuls mehr begleitet wird, ihn nach außenhin zu verwirklichen. Etwas liegt vor mir, wie in Erwartung, daß ich ihm einen Anstoß gäbe, und ich lasse es einfach links oder rechts liegen.« – »Und?« – »Wie die Träume aufgehört haben, daran erinnert man sich meistens. Daran, wie sie angefangen haben, fast nie!«

Und danach fragte ich ihn doch noch einmal ausführlicher: »Können Sie singen?« – worauf er, der zuvor die ganze Nacht eher mit Mühsal geredet hatte, immer wieder nah am Stimmloswerden, am bloßen Lippenbewegen (allein das Zuschauen tat weh), aufstand, sich über die Steppengewächsgarbe – tatsächlich garbendick – beugte, tiefstmöglich inhalierte und dann im Gegenzug einen Singsang anstimmte, und so aus dem Stand heraus auch schon sang, mit einer weniger kräftigen als durchdringenden Stimme, und zwar das folgende, wie lang vorbereitete und im stillen geprobte Lied:

»Sie fielen einander in die Arme mit namenloser
Schwäche.
Sie hatten aneinander namenlose Freude.
Sie lagen miteinander in namenloser
Müdigkeit.
Sie wachten auf in namenlosem Staunen.
Sie schauten aus allen Fenstern mit namenloser
Ungeduld.
Sie fuhren weiter mit namenloser Geduld.

Sie liebten einander namenlos.
Sie wurden miteinander namenlos frei.
Sie wurden miteinander namenlos kühn.
Sie wurden miteinander namenlos dankbar.
Sie belohnten einander namenlos.

Sie schwitzten,
schrieen,
weinten,
bluteten,
schwiegen und
erzählten einander namenlos.

Sie trennten sich voneinander in namenloser
Trauer.
Sie gingen jeder in eine andere Richtung
in namenlosem Zorn
gegen Namenlos.«

Bis zum Morgen kam dann kein Bedürftiger mehr zur Apotheke. – »Was brauchen Sie?« waren jeweils die ersten Worte des Apothekers gewesen. – Und für Stunden schwiegen wir dann nur noch und warteten im Fastdunklen auf den angekündigten Schnee.

Es begann ein dunkler und klarer Dezembertag, inmitten des Taxhamer Dreiecks, zwischen Flugpiste, Bahnlinie, Autobahn, alle schon gut hörbar und unterscheidbar. Der Apotheker brachte mich noch bis vor die Tür, und ich erinnerte mich an die Zeit, da ich am Morgen jeweils erst ab dem ersten Vogelflug ans Schreiben hatte gehen wollen. So standen wir ein Stück Zeit.

Dann sagte ich: »Mir widerstrebt, zum Schreiben, die Steppe in Ihrer Geschichte. Einmal:

Wo gibt es in Europa denn noch eine Steppe? Und dann gefällt mir schon das Wort nicht. ›Steppe‹, das Wort, kommt mir verbraucht vor.«

Des Apothekers Antwort: »Aber meine Geschichte spielt in keiner ›Wiese‹, und auch keiner ›Prärie‹. Es war die ›Steppe‹! Ich bin in der ›Steppe‹ gegangen. Ich habe die ›Steppe‹ durchquert. Es gibt Wörter, die nicht zu ersetzen sind und die selbst ihre Schreibform bewahren durch die Jahrtausende – ganz wenige, wie zum Beispiel ›rossignol‹, die Nachtigall, die schon in den mittelalterlichen Epen genau gleich geschrieben wurde wie heute, oder ›la joie‹, die Freude, oder ›la gué‹, die Furt, oder ›le droit‹, das Recht, oder ›perdu‹, verloren. Und es gibt auch die Steppe, die Gegend. Fast alle spanischen Städte liegen für sich in der Steppe, hunderte Steppenmeilen weg von der nächsten, Ávila, Salamanca, auch Madrid. Die Alhambra von Granada liegt auf einem Felskopf oberhalb der Steppe. Von der Mezquita in Córdoba sind es ein paar Schritte zum río Guadalquivír und von diesem in die Steppe hinein, auf der die Ziegen ihre vollen Euter dahinschleifen. Selbst hier in Taxham gibt es die Steppe oder, wie es eher abträglich heißt, die Versteppung, und nicht nur am Bahndamm und auf dem Platz, der frei bleibt für den ohnedies nicht mehr kommenden Zirkus. Und im Labor drinnen, das ist ein Steppenstrauß, keine Blumen, nur deren leere, hundertförmige, unverwesliche Kelche und Halterungen. Nie werde ich diesen Strauß wegwerfen! Einmal saß ich in der Steppe an einem einzelnstehenden Baum und wurde da von hinten angestoßen, wie von einem Pferd, zum Weiterreiten: dieser Schub kam vom Steppenbaumstamm in dem Wind. Es war und ist die Steppe, und es hat ›die Steppe‹ zu heißen. Und Sie müssen dem Leser meiner Geschichte Lust auf die Steppe machen – und natürlich auch, in Maßen, Angst vor ihr. Riechen Sie! Ich weiß zwar nicht, ob im Geruchssinn am meisten Gedächtnis ist. Gewiß aber hindert er, regelmäßig ausgeübt, an der Vergeßlichkeit. Und da, schmecken Sie, ein getrockneter Steppenbitterpilz: gut gegen Kopfschmerzen, Unwirklichkeits- und Wahngefühle, Süßholzraspeln, Stummheit, Alleinseinsschalheit.«

»Hier spricht der Rezeptmensch!« dachte ich – und sah jetzt erst die Narben auf der Stirn des Apothekers, und daß sie noch nicht ganz verheilt waren.

Und er sagte, nach einer Pause: »Ich war dort in der Steppe zeitweise sogar von mir begeistert, erstaunlich für einen älteren Menschen, und erstaunlich im besonderen für mich. Und glauben Sie mir, oder schauen Sie: Es ist keinem zu trauen, der nicht wenigstens zeitweise von sich begeistert ist.«

Lange vor dem ersten Vogel dann das Auftauchen eines Läufers – es gab also inzwischen selbst in Taxham Läufer? –, keuchend und japsend, als riefe er mitten im letzten Weltkrieg nach seiner Mutter.

Und, wieder nach einer Pause, der Apotheker: »Und außerdem müssen Sie in meine

Geschichte das Wort ›Innehalten‹ einfließen lassen. ›Er hielt inne.‹ Erst einmal ist das ein schönes deutsches Wort, und dann gibt das Innehalten Kraft, ist ein Eingreifen, ins Geschehen, ins blinde Geschehen, ins blinde Weltgeschehen, in die Flucht der Erscheinungen, in das Gerede, auch das eigene, innere, und gut gegen das Herzrasen, Ohrensausen, Magendrücken und noch vieles andere mehr.«
Und, nach einem längeren »Innehalten«, ein letztes Rezept: »Schreiben Sie nur noch Liebesgeschichten! Liebes- und Abenteuergeschichten, nichts anderes! – Jemand ging. Es wurde still im Haus. Aber es fehlte noch etwas: ich hatte eine bestimmte Tür nicht ins Schloß fallen hören.«

»Schneie!« sagte einer von uns beiden. Und tatsächlich blitzte nun eine Flocke. »Da ist er, der Schnee!« sagten wir gemeinsam.
Und jetzt kam endlich an diesem Morgen der erste Vogel, ein dicker Rabe, der schrie und

brüllte, und den Hals reckte, als sei er dabei, eine Schlange hinabzuwürgen.

»Schrei und brüll nur, du Rabe«, sagte der Apotheker von Taxham, mit seiner wie nun seit langem fast versagenden Stimme, die aus ihm heraus erst ihren Weg finden mußte: »Ich weiß doch, daß du auch anders kannst.«

[Sommer/Herbst 1996]